味蕾上的乡愁

江少宾◎著

时代文艺出版社

图书在版编目（CIP）数据

味蕾上的乡愁 / 江少宾著．—长春：时代文艺出版社，2019.3

ISBN 978-7-5387-5991-4

Ⅰ．①味… Ⅱ．①江… Ⅲ．①散文集－中国－当代 Ⅳ．①I267

中国版本图书馆CIP数据核字（2018）第229184号

出 品 人　陈　琛
产品总监　郭力家
选题策划　方　伟
责任编辑　田　野
助理编辑　刘　力
装帧设计　孙　利
排版制作　隋淑凤

味蕾上的乡愁

江少宾 著

出版发行 / 时代文艺出版社
地址 / 长春市泰来街1825号　时代文艺出版社　邮编 / 130011
总编办 / 0431-86012927　发行部 / 0431-86012957　北京开发部 / 010-63108163
官方微博 / weibo.com / tlapress　天猫旗舰店 / sdwycbsgf.tmall.com
印刷 / 三河市万龙印装有限公司
开本 / 640mm × 910mm　1 / 16　字数 / 168千字　印张 / 13.5
版次 / 2019年3月第1版　印次 / 2019年3月第1次印刷　定价 / 28.00元

目　　录

辑一　味蕾上的乡愁

辑二　光阴在破碎中发出声响

辑三　近视的童年

辑一／味蕾上的乡愁

老杜茶馆

破罡街是条真正的小街，它长不足五百米，宽不过二十米，中间的那道十字路口像某个孩子画出来似的，向四个方向歪歪斜斜着。沿街的店铺大都小到不能再小，但脸面还算干净：新潮美发、百姓百货、破罡邮局、志友诊所、老杜茶馆、美味厨房……远远地看上去，像一册册挤在一起的形色各异的书。

清晨的小街非常热闹，源源不断的人流从四面八方向小街聚拢，人挤人，脚踩脚，仿佛一个乡的人都涌了进来。上了年纪的老人占了大多数，剩下的就是一些专程来采购的妇女，一些跟脚的小孩儿。老人们的目的地大多只有一个：老杜茶馆。老人们不是为了喝茶，也没什么特别的大事，就是去那里坐坐。多少年了，破罡街最热闹的去处一直是老杜开的茶馆。一张张油漆剥落的四方桌子，一把把缺了口或缺了把手的大茶壶，一条条漆黑麻乌的长凳子。大门旁边，是一口热浪袭人的大油锅，其间翻滚着的春卷，是小街最知名的早点，每一个破罡的人，大概都吃过。倘是低头，便能看见火光中的锅底，黑而且厚，仿佛能够一块一块地割下来。——老杜茶馆里的陈设常年都是这副老样子，像那些黯然老去的时光，在烟雾缭绕的堂屋里丝丝弥漫。这样的陈设与老人们的心境是相宜的，老人们一进来，尘封的往事就争先恐后地打开了，那些忧伤的琐屑，串成了一段段陈谷子烂芝麻般幽暗的岁月，这时候，老人们的笑容都堆在脸上，仿佛每一段岁月都是辉煌的。在这样的氛围里，连最寡言的老人也会打开话匣子，甚至会主动说起一段未竟的年少时的情事……老杜，只有老杜始终保持着微笑，添茶水，抹桌子，送春卷，那种微笑，仿佛早已勘破了尘世。老杜似乎也有理由勘破尘世，说到后来，那些先走一步的人总是会频繁地出现在老人们的回忆里，人世无常的唏嘘与来日无多的感喟，很快就和新升的阳光一起，充盈于每一间屋子。

日子久了，一个乡的老伙伴们几乎都能相互叫出名字。隔几日不见，老伙伴们就嘀咕上了：老王感冒了，老张的脚崴了，老李的哮喘又犯了……这些隐秘的病痛很快就广为人知，并在口口相传中被无限地放大了。倘是又隔了几日，还是不见谁的影子，老伙伴们一准就坐不住了，春卷也不那么香了，往事也懒得再提了。时常也有某个老伙伴忽然就不见了，也可能是没了闲钱，更多的怕还是为了被人惦记，就着鸡汤好下面，故意消失一段日子。但到底还是按不住，没等到耳根发热，忽然就自动现身了。一顿笑骂之后，这个“老不正经的”必然会喊：“老杜，今儿个春卷算我的。”

一根春卷两毛钱，多少年了，价格一直没有变。没有变的还有那一壶壶粗枝大叶的老山茶，茶味很淡，也很涩。

老杜茶馆于是成了一艘在时光的洪流中长期搁浅的船，满载着一船沉甸甸的回忆。老杜茶馆甚至还成了小街的一个代名词，这个问：“去哪儿呢？”那个必然会这么答：“去老杜茶馆呢！”

大多数时候，除了老杜茶馆，小街几乎都是安静的。妇女们想买的很快就买了，跟脚的孩子们也很快就讨到了他们想要的东西，太阳一爬上巢山，集市便像露水一样散了，但老伙伴们依然会留在老杜茶馆里，打麻将、摸纸牌、下象棋。站着的人比坐着的人还多，下象棋的也有人喊，打麻将的也有人骂，但没人会较这个真，输赢本就是无所谓有，也无所谓无的。

当夕阳低垂，晚霞如水，小街就慢慢而彻底地安静了。黄昏的小街像个淡定的老人，连炊烟都是不急不慢的、三三两两的。事实上，黄昏的小街几乎就是座荒凉的空巢，只有老杜这样的老人愿意守在店铺里，看着有气无力的灯火在晚风里流窜。冬天的夜晚，七八点钟的时候，小街就睡过去了，睡过去的小街像一场盛大的死亡，安静，连老杜的鼾声都能够听到。

老杜和父亲是多年的至交。算起来，老人家，今年应该有八十岁了。

打铁，打铁

铁匠铺门脸不大，但在破罡街上，它是最大的一家。和破罡街上其他的店铺一样，铁匠铺属于垄断行业，独家经营，别无分店。这种约定俗成的现象维持了若干年，店主们仿佛是集体商量好了，共同制定了这样一个游戏规则。也正因此，上个世纪九十年代初期的破罡街竟发展成了一个品种齐全的小商品批发中心，一个普通家庭所需的全部物件，跑不出半个破罡街，手上就能一应俱全。

铁匠铺的主人姓胡，听人说，他原先在横埠开过一家铁匠铺。在枞阳，横埠是个大镇，市面繁华，交通便利，从破罡到合肥，怎么走，横埠都是必经之地。因此，胡铁匠把铁匠铺开进那会儿还“鬼不生蛋”的破罡街，许多人都想不出其中的道理。事实上，“鬼不生蛋”也有“鬼不生蛋”的好处，至少在整个破罡乡，没有人会抢他的生意。农忙之前，家家户户的镰刀都送来了，人在老杜茶馆里喝茶，几根春卷下肚，再去铁匠铺，锈迹斑斑的镰刀已经被打磨得极为锋利。胡铁匠对自己的手艺显然是满意的，每次递上焕然一新的镰刀，他的脸上总会漾起大把的笑意。这时候，乡亲们少不得总要夸上两句，胡铁匠便会大方起来，死活不收钱。钱其实本来就不多，打磨一把镰刀，三元。时间久了，熟识了，乡亲们便悄悄地议论起胡铁匠，他的生意几乎是明摆着的，不好，但也不算太坏，估计也就勉强解决他一个人的温饱问题。几年了，胡铁匠的铺子里始终只有他一个人。他来破罡街，到底图个啥呢？

记忆里，胡铁匠年龄大约四十开外，一张古铜色的国字脸，两道黑漆漆的八字眉，甩开膀子打铁的时候，还能看见两团颤动的胸大肌。最要命的是，他，一个大男人，打铁的时候，居然还唱黄梅戏，“唱得那个好哦”。在当年的小街破罡，胡铁匠的这一切都是独一无二的。有一年，乡里搞了次掰手腕比赛，胡铁匠轻松地获得了第一。他赢得实在是太轻松了，以至于让参赛的老少爷们都觉得很没有面子。乡下的男人身无长物，有的就是力气，现在连这点本钱都没了，和胡铁匠更是没办法比。老少爷们的羞愧埋在心里，又不好说出口，只好胡乱地冲孩子或牲口发一通脾气。

除了打铁，除了黄梅戏，胡铁匠的另一个爱好便是下象棋。夏天的傍晚，常能看见他裸着黝黑的上半身，和不同的人捉对厮杀，有大人，有学生，有时候竟会是妇女，但每一回，胡铁匠总是大呼小叫，神采飞扬，每一根毛孔都缀着一个晶莹的颗粒。有一次，胡铁匠竟然喊住了我，问我愿不愿意陪他下盘棋。我惊讶地站住了，当确信自己没有听错的时候，我犹疑地摇了摇头，接着便加快了步子。那一刻，我清晰地看见了胡铁匠脸上的失望，一个中年男人脸上的失望，居然是红色的。

后来，破罡街上便很少再看见胡铁匠，铁匠铺里的炉火，时常是熄的。不久之后，破罡街上便开了第二家铁匠铺，奇怪的是，没有人对此提出过质疑，包括胡铁匠自己。这家铁匠铺开了一个恶劣的先河，破罡街上那个约定俗成的游戏规则从此土崩瓦解，不复存在，许多重复经营的店铺从此一哄而上，在破罡街上陆续铺了开来。

渐渐的，破罡街又恢复了往日的热闹景象，嘈杂，纷乱，男来女往。大家也似乎都忘了胡铁匠，仿佛，那是一块伤疤，没有人愿意主动揭开它。事实上，打第二家铁匠铺开张之后，我就再也没有见过胡铁匠，那扇油漆斑驳的大门，时常虚掩着，宛若一段老去的时光。今年春节回破罡，胡铁匠和他的铺子已经不在了，当我路过那个已经不复存在的铁匠铺子时，我忽然就想起了他那一回的失望。很久之后我才知道，胡铁匠其实是个臭棋篓子，他下棋，仅仅是想找个人说话。

许多年过去了，有些人注定只被我们路过，有些人注定会被我们遗忘。

怀念李忆

高中三年，我不叫江少宾，而叫李忆。

那个黑色的七月异常酷烈，我的中考成绩甚至没有够上普通高中的最底录取分数线。那张手指一样细长的纸条上这样写着——“姓名：江少宾；学校：破罡中学；分数：365.5……”——看了这张出乎意料的通知单之后，父亲不吃不喝地躺了两天两夜。两天两夜之后，重新站起来的父亲一下子老了十岁，他久久地坐在椅子上，憔悴的脸上堆满了皱褶，阴得像块刚从水里捞起来的海绵。早在中考前夕，父亲就做好了送我上重点中学的经济准备，这个令人难以置信的成绩，使父亲的愿望瞬间破灭。

之后将近一个月的时间里，父亲一直早出晚归，酒气冲天。正是农忙时节，奇怪的是，父亲对农事的长久的轻忽，忙于“双抢”的母亲并没有埋怨，相反，每次临出门的时候，母亲都叮嘱父亲，酒，尽量少喝一些。直到这年九月初，父亲终于拿回一张藕山中学的录取通知书，录取通知书上的名字是：李忆。

父亲把录取通知书递给我的时候，手竟有些颤抖，脸也涨得通红，仿佛做了一件见不得人的事情。看到“李忆”这个熟悉的名字，我一下子就明白了父亲所做的一切。一个多月的时间里，跟着二哥，我已经成长为一个地地道道的农家少年：栽秧、收割、锄禾和车水，在狭窄而潮湿的田埂上，扛沉甸甸的犁铧（它在我的小腿上留下了一道蚯蚓似的疤痕）和八九十斤重的稻把（它们几乎足以把我压垮）……我试图以苦役般的劳作来抵制内心的绝望，事实上，对于一个正在拔节的少年，这样的劳作更像是一种伤筋动骨的压榨——经年之后，我为这种近乎疯狂的劳作付出了“低人一等”的惨重代价。

那时候，我一直不敢和父亲正面接触，更不敢说服父亲让我再复读一年。

我只好埋着头，最后一个报到、最后一个缴费、最后一个领取教辅和学生证，一直挨到上课铃声快要结束的时候，才如履薄冰地走进了藕山中学高一（二）班。好在每一道关卡都没有经过认真核对，尽管录取通知书上的照片已经被“偷梁换柱”，但并不难发现其中的破绽。谁知道我刚找到自己的座位，班主任就开始点名了！我如坐针毡，惶恐不安，小小的心脏仿佛钻进了一只兔子，很快便汗如雨下。终于叫到了“李忆”，我慢腾腾地站了起来，听见自己的心脏“咯——咚”了一下。昔日的初中同学万分诧异地看着我，接着便开始交头接耳。那短短的几秒钟，长过整个暑假。

至少有两个月的时间，我提心吊胆于被老师点名，心惊胆战于填写各种各样的表格……“李忆”这个名字像一道魔咒，让我陷入噩梦般的惶恐，无力自拔。许多个那样的时刻，我都盼望着太阳能够尽快滑向藕山，太阳一旦贴近山峰，放学的铃声便会敲响。我虽然总是最后一个走进教室，但时常是第一个冲出课堂。

没有一个老师注意到我的异常，也或许是注意到了，但谁都没有主动询问过我，仿佛是集体合计好了，等我主动投案。老师们这种“知根知底”的样子，加剧着我的不安，学校一旦发现我是个冒名顶替者，我不知道自己应该怎么办，是主动退学？还是等待学校的处罚？要命的是，当老同学叫我“江少宾”，而新同学却叫我“李忆”的时候，我总会陷入短暂的失语状态——“江少宾”已经成了过去，而“李忆”则使我深感惶惑——脑子里空空的，一片白茫茫。

当“江少宾”终于一致被叫成“李忆”的时候，“李忆”在藕山中学的第一个学期终于在“江少宾”的逃避与惶恐中缓慢落幕。二十余年之后的这个清晨，当一个名叫江少宾的青年作家想写写“李忆”的时候，他依然听见了那个名叫“李忆”的高一学生的清晰的心跳。他无以复加的习惯性的紧张从此埋下了种子，他自卑、羞愧、胆怯，甚至，不愿意再亲近任何同学。他时常形单影只地出没在校园里，心事重重的样子，少年老成的样子，一辆“美奇”自行车是他唯一的伙伴。

第一个学期期末考试，除了语文和数学，我的成绩一路红灯，最可耻的是英语和物理，我居然都只考了四十几分。我不敢把成绩单交给父亲，而是无师自通地撒谎说：“‘李忆’的成绩单，当然不会邮寄给‘江少宾’。”父亲显然相信了我的谎言，他若有所思地点了点头，接着又长长地“噢”了一声。父亲失望的神色让我窃喜，甚至有了一丝报复般的快意。轻松过关的谎言所带来的快意像一缕暖阳，长久地悬浮在我的灵魂深处，一片阴霾、暗无天日的心空因此有了一丝朝气。这样的谎言一直持续了三年，事实上，捍卫一个既成事实的谎言，比捍卫一个普遍的真理更加容易。而我的父亲，他绝对不会想到，也绝对不会相信：家长的一个决定，竟然可以改变孩子的性格。在长达三年的时间里，父亲多次深入我的书包，却从来没有问过我愿不愿意做“李忆”。固执的父亲总习惯性地认为他的决定都是对的，除了母亲和小妹，他和我们之间的感情沟通，几乎等于零。

重新开学之后，深藏在骨子里的骄傲在极其糟糕的成绩面前重新抬起头来，那时候，我是多么想证明自己还是原来的“江少宾”，而不是成绩糟糕的“李忆”啊！于是，我一头扎进一知半解的《英语》和《物理》，不厌其烦地向老师们提出诸多问题。这一翻天覆地的变化很快赢得了老师们对我的好感，他们一面耐心地解答我的提问，一面鼓励我多向其他同学学习。然而，学习成绩的直线飚升并没有给我带来多少快乐，我始终不知道自己究竟是江少宾还是李忆——在家里，我是“江少宾”；回到学校，我又成了“李忆”。这两个名字像钟摆的两极，我就在这两极之间摇摆了三年。对我而言，“李忆”这个名字仿佛是道天堑，我努力过了，但无法逾越。不错的学习成绩并没有为我铺起一道通途，天堑还是天堑。

一个左右摇摆的人，注定是半途而废的。尤其是高考之前的那个至关重要的学期，诚如我在旧作《1990年的乡下小镇》里所描叙的那样：“我整日像幽灵一样在小镇上游荡，仿佛那时候我就已经预见，会有写它的这一天。那段时光更像是一幅幅旧年的老照片，灰白的底色，映着一张颓唐的死人似的脸。而随着高考的日益临近，班级里的人数也在日益递减，小镇上一下子就多了些无所事事的不良少年。他们清一色地在呼朋引伴，招摇过市，把原本就不宁静的小镇搅得尘烟四起……”那一年的高考，结果是毫无悬念、显而易见的。

父亲比我更为不甘，但他依然认为我只是犯了和中考时一样的毛病，有些怯场而已。父亲的自信没有任何缘由，即便我离中专录取线尚有近百分的差距，他仍然敢在村子里夸下这样的海口："明年考个重点，一点儿问题都没有！"父亲对我的厚望像一座大山，许多年，我不能抬头。

应该感谢我的数学老师江双友，在藕山中学的第四年，他第一次在课堂上公开叫我"江少宾"，并且私下告诉我，我也可以用这个名字报考大学。他的那次提问简单到了极点，类似于"1+1＝2"。今天想来，他不过是想利用一次提问，使"江少宾"这个名字重见天日、完璧归赵。这个雪藏了三年的秘密从此得以公开，吞吞吐吐地叫出"江少宾"的时候，所有的老师都对我报以诡秘的微笑。我第一时间把这个消息告诉给了父亲，然而，父亲并没有为之吃惊，他纹丝不动地坐着，神情显得异常落寞。父亲的落寞加深了那个黄昏的阴影，他久久无言，时光飞速衰老。或许就在这个黄昏，饱经沧桑的父亲第一次意识到，时光在他面前画了一个圆，圆是终极的宿命，他当初为我推敲的名字，写满了宿命的味道。"人生是不会错的。"费德里科·费里尼说（费德里科·费里尼：意大利电影大师，代表作有《大路》《甜蜜的生活》《我记得》等）。当秘密最终被揭开的时候，我忽然发现，对于那些制造秘密的人来说，秘密其实是个包袱，时常让制造者不堪重负。

当我又成了我的时候，我时常会想起李忆。他白白净净，一身补丁，过早地戴上了一副黑边眼镜，镜片后面的瞳孔像水洗过的棋子，抬头看黑板，两枚棋子不像是真的，左左右右地转个不停。初中三年，我几乎没和李忆说过什么话，传言里，他的父亲死得早，母亲在破罡街帮人做裁缝。我是"李忆"的那几年，我和李忆在街上邂逅了几次，每次他都主动放慢了脚步，两枚黑色的棋子闪烁着晨星一样的光亮，但我的冷漠像一团乌云，很快便使它们黯淡了下去。后来，听说，李忆招工进了县里的一家棉纺厂；再后来，我便考上了大学，从此，"江少宾"这个名字开始远走他乡。这个名字既是最初的，也是最后的，它是流淌在血脉里的一个符号，没有这个符号，我便不知何去何从。一个失去名字的人，只不过是一个会直立行走的灵长类，除了人模人样地说话，恐怕再也不能干别的了。

之后，我一直没有李忆的任何消息，他仿佛是从这个世上消失了，没有一个同学知道他的去向。春节回破罡，李忆家的房子已经形同一座时光深处没落的废墟，一把锈迹斑斑的铁锁，门缝里织满了蜘蛛网。

我不知道李忆是否还记得我，但我却一直记得，并很怀念他……

隐匿的村庄

村庄是一个隐匿的存在。隐匿，也是一个村庄生存的常态。村庄一旦像城市一样急不可耐地向人打开，将很快被遮蔽起来。所谓遮蔽，就是一种文明取代另一种文明，并以文明的形式将其掩埋。

此时此刻，在小村牌楼上空漫游的是一群乌鸦。这群黑色的飞鸟，蹲在梧桐树的枝头，一动也不动，像黄昏的一部分。它们似乎热衷于这样的表演，张开翅膀，却不制造出一点儿响声。乌鸦因此看上去比村民们更为幸福，它们虽然无所依靠，却可以毫不费事地浮在空中。

乌鸦是村庄可以不被隐匿的部分，是村庄的可以看见的灵魂。比之于梧桐和天空，村人显然更需要它们——在它们丧钟似的歌声过后，村子里往往就要死去一个人，年轻的年长的都有，让人惊异莫名。母亲就时常从它们的歌声里醒来，靠在床头默默发怔。在死亡面前，没有人是真正的无神论者，真正的无神论者，他们的身体一定都是健康的。而我的小村显然已经不那么健康了，至少是亚健康，乌鸦，于是成了村人心目中一个歌唱的神灵。

江淮大地广播着这样的传说，被乌鸦衔走发须的人会无故头疼，严重的还会导致癫痫症。一个具体的事例我在读大学的时候得到了证实：乱世枭雄曹操居然曾败于乌鸦之手，而神医华佗做梦也没有想到，曹操的头风病竟是因为乌鸦衔走了他的长须。江淮大地之所以广播着这样的传说，我疑心，和曹操这个沛国谯郡人（今安徽省亳州市）不无关系。

与乡土中国一样古老的乌鸦有着令人诧异的智商，它们竟然知道叼起石头，填入瓶中，使瓶中的水达到可以饮用的高度。乌鸦难以破译的智商在历史中得到了印证：西元861年，挪威航海家维尔达尔依靠乌鸦的指引，最终发现了冰岛；17世纪初，同样是在乌鸦的指引下，北欧航海家甚至到达了美洲。

尽管如此，乌鸦依然是乡土中国深为敬畏的飞鸟，在民间，乌鸦是死神的化身和厄运来临的先兆。在我的小村，再调皮的孩子也不敢去捅乌鸦巢，如果乌鸦的巢穴被风刮到地上，每一个看见的人都会惶惶不可终日，老人们甚至会跪下来，叩头祷告。

对神灵的敬畏使得无数乌鸦云集到了小村，它们人来不惊，畜去不散，梨花包裹着的村庄蹲守在岁月的深处，幽暗的面容散淡而慈祥。远远看去，天荒地老，村庄像死了一样，没有人迹，没有声响，上面是灰突突的、几乎要掉下来的云层；中间，一丛丛绿色的树冠，水藻一样无所事事地漂动；下面，一条小河呜咽着，心事重重……走近了，你才会发现人间烟火的气息：槐树下追赶着一群孩子，一个老人蹲在墙脚旁边，拖着涎水，“不知有汉无论魏晋”地晒太阳。老人身后的房子孤零零的，黑木耳一样，上了年纪，墙壁上还有几道裂缝，看上去虽然危险却还不至于立即坍塌……这样的散淡让村人几乎忘却了时间的残酷存在，春种夏收，其实和（格林威治）时间无关，它们的联系时常极为具体，比如添人进口，比如一家人最起码的口粮。（格林威治）时间浮游于小村的上空，但它并不具体地体现为上午的某个时针或者下午的某个时针，它只体现为一个个可以停留的声音、形态或阴影。金黄的油菜、嗡嗡的蜜蜂、拔节的青禾、田间的蛙鸣、苍凉的雁阵、归巢的鸟群、袅袅的炊烟、树枝斑驳的投影……，如此种种。在这一切之间，时间也似乎停了下来，只在生儿育女、婚丧嫁娶这些大事上，潦草地显露出自己模糊而辽阔的面容。

这样的小村无疑是幸运的，它一直在那里，还将在那里。它已经了无诗意，因此不足以被我们“说出”。它一旦诗意到可以被我们“说出”，唯一的命运只能是遮蔽。我们“说出”一条遗世的湖泊，很快就多了一个庞大的垃圾场；我们“说出”一座原始的村寨，土著们于是操练起了普通话；我们“说出”一片肥美的草地，看吧，“风吹草低见牛羊”……

在乡村，有限的诗意永远只能停留于想象。

在乡村，诗意，是遗忘的另一种说法。

事实上，诗意的地方最终都不是适合栖居的地方，一个地方越是诗意，一个地方越是荒凉，一个地方的居民便越是需要在诗意里为了最起码的生存艰难挣扎。比如非洲，比如西藏。熟悉的地方并非没有风景，而是风景取代不了赖以糊口的粮食，而风景一旦被“说出”并被保护了起来，居民们还需要为了这些风景背井离乡。风景的开发者和保护者只知道“离乡”却不懂得“背井”，事实上，也没人会真正在意背井离乡的所指和能指，当他们高调地宣布种种优惠的物质条件时，他们是把物质上的“离乡”和精神上的“背井”混为了一谈。

也难怪。他们永远也不能理解，吾心安处，还有乌鸦！

对乌鸦的关注，几乎贯穿了我整个童年时光，因为乌鸦的存在，我的童年显得无比漫长。那时候的我甚至一度认为，乌鸦也是小村的一部分，它们不但有自己的话语方式，而且还能提前为人们报丧。因此，当语文老师要求我们以“邻居”为题写一篇作文的时候，我非常自然地想到了在梧桐上做窠的乌鸦。这篇作文令我蒙羞了整个学生时代，经过语文老师多次苦口婆心的教育，半个月之后，我重写了我的邻居——热爱黄梅戏的高大娘。语文老师于是在我的作文本上批写道：是她使我“重新回到了这个世界上”。“世界”这个词把我吓住了，很长一段时间，我为自己站在“这个世界上”而感到惶恐不安。

世界有多大？对牌楼村的人来说，世界只有牌楼村那么大。如果读到了破罡初中，那么世界应该还包括黄河和长江。要是有幸读到了藕山高中，世界的范围就再次扩大了，世界还包括伊拉克和伊朗。人们总喜欢以自我为中心、以宅基地为原点，对世界的局部进行窥视与丈量。人们也只能窥视世界的局部，没有人真正见过世界的全貌，包括盲诗人荷马。

世界是具体的，也是抽象的。具体到一片土地、一座村庄、一间屋子，抽象到没有边际的地球与浩淼的宇宙，它们如时间一样无法捉摸与丈量。我们所能了解的世界其实就是一座隐匿的村庄，它的样子就是一只乌鸦的样子，就是一座村庄的样子。然而，有谁真正懂得一只乌鸦，真正了解一座村庄呢？

——这是个令人沮丧的事实，世界虽然是一种存在，但我们却永远无法真正了解。

安详的悲伤

如今，十五年过去了，我还记得那个夏天，还记得那场雨中的长途跋涉。那时候，合肥到破罡还没有直达的客运班线，我和父亲不得不顶着淋漓的大雨，先到了孔城，然后满大街寻找能够带我们回老家的营运车。然而没有一趟车能够直达，我们只好辗转到了牛集，再从牛集辗转到了扫帚沟，又在扫帚沟找到了一辆四处漏雨的蹦蹦车。

回到牌楼的时候，天色已经暗了，好在我的小村没有下雨，夕阳的余晖镀亮了父亲悲伤的脸。穿过一座陈年的坟茔，五叔的家就到了，门楣低矮，经幡低垂，五叔安静地躺在门板上，他再也不能乐呵呵地坐起来，笑眯眯地，看一眼自己的孪生兄弟。那是我第一次目睹父亲的痛哭，一屋子的痛哭，我在其中，身体不断下陷。父亲跪在五叔的身边，他轻轻掀开五叔脚边的床单，我看见，五叔穿着一双崭新的黑布鞋，昏黄的烛火，在半明半暗中飞快地摇曳。这个奇怪的举动困惑了我很长一段时间，很多次我都想问问父亲，但每一次话到嘴边，我都生生地咽回去了，直到我居然成了一个作家，父亲才主动向我揭开这个谜。

五叔是个老实人，那是一种令人心痛的老实，尤其是在短暂的晚年岁月里，对于性情暴烈的五婶，他真正做到了骂不还口、打不还手。五婶挑衅的时候，他总会独自躲开，任凭五婶吼破了喉咙，他也始终埋着头，沉默着，手里牢牢地握着一杯茶。五婶骂得过分了，他也会报以一两声剧烈的咳嗽。等五婶的火终于发完了，他又会轻手轻脚地出现在五婶的面前，嬉皮笑脸的样子，依旧是一句话也没有。这样的好脾气并没有消解五婶对他的不满，记忆里，更年期的五婶总爱拿他撒气，似乎没有任何来由，也没有任何动机。而在那些终于平静一些的日子里，五叔总是微微地佝着腰，自言自语地摸进我的家里。他已经习惯了向父亲诉苦，向母亲诉苦。在母亲的劝说下，五叔很快就平复了自己的愤懑，他安详地靠在门框上，手里捧着一杯茶，笑眯眯地看着门前那条凹凸不平的机耕路……他是真的安详了下来，仿佛什么也没有发生，很难相信他刚刚经历了一场千疮百孔的战争，很难相信这个靠在门框上的安详的老人，他的内心也有一大把的委屈和无奈，悲凉与疼痛……那时候我还在念初中，还无法理解五叔的逃避，以及他对自尊的无原则的放弃与牺牲。事实上，五叔的沉默避免了无数次可能的战争，他不惜牺牲有限的尊严，最大限度地换取内心的安宁。

在我的乡下，晚年的五叔，是一个彻底的与世无争的老人。今天想来，五叔的与世无争并不是与生俱来的秉性，而是来自于那一场中年丧子的痛。

我依稀还记得三坡堂兄。他生着一张乡下极为少见的白白净净的脸，身材瘦削，身高大约一米七二，更难得的是他的言行和举止，总是那么温和。在乡下，这样的男子无疑是出色的，五叔也以三坡为傲，每次说起，总会喜形于色，眉开眼笑。

三坡是服毒自尽的，那年夏天，三坡还不到二十岁。辍学的三坡鬼使神差地迷上了“摇单双”，而且输的多，赢的少，更令五叔和五婶无法接受的是，三坡竟然学会了夜不归宿，像一只断线的风筝，短暂地丢下了五叔和五婶。除了喝茶，五叔一生没有什么别的嗜好，他无法容忍自己引以为傲的儿子，居然沦为一个不争气的赌徒。那个夏天的早晨，三坡大概又输光了，他踩着软绵绵的步子，从我家门前慢慢地走过。那一刻的三坡大约没有料到，迎接他的，不仅有五婶的咒骂，还有五叔的万丈怒火。那大约是五叔一生唯一一次动怒，但那一次，五叔的火发得怕人，甚至还对三坡动了手。现在，我已经无法完全还原那场灾难，面对堂兄的死亡，我也不忍发挥自己的想象。当天上午，三坡堂兄就服了毒，他居然喝下去半瓶农药！抢救无济于事。五叔五婶惊觉的时候，三坡正歪歪倒倒地奔向门前的机耕路，他痛苦地蹴着一根细长的柳树，脸色黑里泛红，嘴里漫着难闻的白沫。母亲抓着三坡的右手，我看见，三坡很想说些什么，但他最终什么也没有说。那一刻的三坡想来是后悔的，但有些错误注定无法挽回，三坡的决绝，让五叔坠入万丈深渊。

五叔一下子就老了，乡亲们都不能劝他，唯一能做的就是陪他坐着，或是听他祥林嫂一样重复地诉说。

五叔后来很少出门。逢年过节的时候、阴雨天的时候、堂兄祭日的时候，我们总能听见五叔大放悲声，那种响遏行云的哭嚎，多年之后，依旧让我黯然动容。那段时间我格外地同情五叔，有时也在五叔的悲凉里悄然落泪，但毕竟年岁尚小，就是想去劝慰，也不知道究竟该如何开口。更多的时候，我只是默默地站在五叔的旁边，听他絮絮叨叨地女人一样地哭诉。五叔陷在深长的懊悔里，一直无法原谅自己——他没有料到，自己唯一的一次动怒，竟然是对自己最宠爱的儿子，而自己最宠爱的儿子，竟然能够如此决绝。

三坡堂兄的决绝，也将五婶推进了一个漫长的更年期。在更为漫长且又无法宣泄的压抑里，五婶积累了过多的怨气，她像一包移动的火药，一句话就能点燃，一分钟就能爆炸。五叔不是她唯一的燃烧的对象，很多熟悉的乡邻，都曾经遭遇过她无端的攻击与谩骂。在深长的岁月里，五叔摸透了五婶的脾气，他比谁都清楚地知道，五婶何以会沦为一个泼妇，蛮不讲理，人见人怕。在五婶的燃烧里，五叔选择了无原则的逃避，放弃自尊的忍让。五叔的选择虽然有些窝囊，但时间已经证明，五叔的选择其实是理智的，如果他不选择沉默而是选择了对抗，五婶或许很难渡过漫长的更年期，即便是安全地渡过了，也会千疮百孔，遍体鳞伤。

让五叔始终沉默的，其实还有那些一直潜伏着的自责，他乐意接受五婶的攻击和谩骂，或许在他看来，这是他应该接受的惩罚。他在五婶的诅咒里，终于慢慢地安详了下来，而五婶的诅咒，也在慢慢地抚慰着他内心的创伤。晚年的五叔过早地学会了乐天知命，成了村里为数不多的闲人。

后来随着我外出求学，对五叔的记忆也只是逢年过节的时候，陪五叔下下象棋。五叔是个臭棋篓子，下得奇慢，而且时常悔棋。但五叔却不允许我菲薄他的技艺，每次赢我，便乐得合不拢嘴，张着空洞的牙口，像个孩子……可惜这样的机会也并不常有，几年之后，五叔的耳朵就聋了，和他说话，很少应答，脸上堆满了不明所以的憨笑。

再后来，五叔就一病沉疴，终于撒了手。那个端午的前夜，小村下着淋漓的大雨，五婶恍惚听见五叔在叫着堂兄的名字，但竟没有在意，一早起来的时候，五叔的身体已经凉了。也就在那天晚上，远在合肥的父亲第一次梦见自己的孪生兄弟，在梦里，五叔穿着一双黑色的布鞋，远远地站着，笑眯眯的。

五叔过世那年，刚到六十虚岁，在我的小村，六十岁，还远远没到应该享福的年纪。事实上，五叔一生都没享过什么福，和大多数父辈的中国农民一样，五叔有的，只是旧中国的压迫，新中国的磨难，等改革开放的曙光终于照亮了小村，他们已经老了，儿孙们开始满世界忙碌，空旷的小村一片荒凉。

……如今，十五年过去了，古稀年纪的五婶依然康健，她独自生活，性情温和了许多。我很怕陪她说话，每次说话，眼前总会浮起五叔的安详的脸。我承认自己已经过早地迈入了中年，尤其是最近一两年，我时常想起晚年的五叔，想起那些闲适的午后，五叔安详地捧着一杯茶，和我面对面地坐着，专心致志地，下着象棋。

是啊！我无比怀念下棋的五叔，安详的五叔，虽然我知道，他的安详，潜伏着无边的悲伤。

出没风波里

昨夜，我忽然梦见了胡遥，梦见长江里那艘飘摇的小渔船。醒来的夜里，胡遥又鲜活地浮现在我的眼前——十年时间过去了，我还记得那张胡子拉碴的沧桑的脸。“大胡子”因此成了胡遥的绰号，他的胡子，短、黑而且硬，安静的时候，像一幅木刻。

胡遥是我的高中同学。学校离长江不远，穿过一条逼仄而狭长的街道，一条晴天一身灰雨天一身泥的机耕路，长江就到了。江堤绵延数里，垂柳绵延数里，放学的时候，一些不到黄河心不死的同学，会到垂柳深处温习功课。我们也时常装模作样地带上一本书，偶尔翻翻，随即用来垫屁股。大多数时候，我们只是静静地坐着，看汛期的长江浊浪滔天，看江心里缓缓驶过的轮船。船上的人影隐约可见，万里无云的朗日，还能看见有人往水里扔垃圾，有人站在甲板上，俯身看着江面。轮船过去，浑浊的江面上一浪追着一浪，轰鸣着的交响，十年过后，依然回荡于我的梦乡。风平浪静的日子，还能看见江豚在欢快地跳舞，它们争相表演，像一群戏水的孩子。

那个午后，江面辽阔，素面朝天。垂柳深处的知了，扯着嗓子在喊热。岸边泊着一只小渔船，舱里搁着两只受伤的橹，把手已经裂开了，绑着几道细细的红绳子。虽然生长在江边，但划船我们都是第一次，胡遥解开岸上的绳索，和我一起把船摇进了江里。一开始我们都划不好，协调了几分钟之后，我们就掌握了划船的技巧。前所未有的兴奋冲昏了我们的大脑，我们甩开膀子，渔船像一支离弦的箭，在江面上犁出了一条直线。就在我们都有些忘乎所以的时候，刺耳的汽笛声突然响起，我们这才骇然发现，下游正驶来一艘轮船，虽然还有一段距离，但江面上已经掀起了浪花，渔船开始在浪花里起伏，前后摇摆。这时候我才意识到，我们的渔船实在太小了——最多只有一米宽，长度肯定不到两米——随时都有倾覆的危险。胡遥脸色煞白，他冲我大喊大叫，我听见了，但双手根本不听使唤。现在想来，那时候我已经乱了方寸，无法听从胡遥的指挥，也无法步调一致地摇橹，我们虽然使出了浑身的力气，但渔船始终在原地打转。我听见自己的心脏，敲起了急促的鼓点，我想自己大约就要死了，离岸太远，而水面上热气腾腾，至少比岸上高出五度，在这样的水面上浮游，本身就危机四伏，更何况经过这番折腾，我连逃生的力气都失去了。死亡的恐惧第一次向我袭来，渔船还在打转，轮船还在快速靠近，船头的方向，就在我们的右侧——应该不到一米！

胡遥的橹摇断了。我的橹也摇断了。所有的努力都无济于事。轮船正在逼近，我看见乌黑的船头，像一把锐利的犁铧，将浑浊的江水劈成了两半。渔船在水面剧烈摇摆，一个浪头将我们推出去，另一个浪头又将我们拉回来。摇摆在秋千一样的浪头上，我闭上了眼睛，狂乱的心里塞满了恐惧。

谢天谢地！轮船驶过的时候，我们竟然躲过了轮船掀起的巨浪，借助于劈面而来的巨浪，胡遥将渔船推出了一米多远！就是这一米多远的距离，给死神让出了一条道路，我看见死神的黑色的背影，从我们的身边一掠而过……我惊魂未定，胡遥大口大口地喘着粗气，他双手抓着船沿，身体淹在水里。我不知道胡遥是什么时候下的水，我更不知道，假如我看见胡遥正在下水，自己会不会予以阻止？这时候下水其实是在玩命，轮船过后，巨大的漩涡完全有可能将他吸入江底。现在想来，生死，其实只在一念间——假如我发现并阻止了胡遥，那一次，我们必将葬身鱼腹，难逃一死。

大难不死之后，我对水产生了持久的畏惧心理，以至于到了现在，我依旧不敢贸然下水，即便是面对那些水平如镜、清澈见底的室内游泳池，我也会心生胆怯，紧张不已，我必得由爱人牵着手，才敢小心翼翼地走进水里……我不知道胡遥是否和我有着同样的感受，事实上，我和胡遥之间的私人联系非常有限，那一次魂飞魄散的经历，我们再也没有提起。

高中毕业之后，胡遥先是四处漂泊，最后在一家啤酒厂里谋了个差事。每年夏季，胡遥总要来合肥，有时是公差，有时是绕道而来，为了和我们这帮老同学见见面。胡遥长得壮实，又做着和酒有关的生意，每次见面，酒自然必不可少，但胡遥并不善饮，时常被我们灌得烂醉如泥。渐渐地，胡遥便很少喝酒了，脸色灰暗，令人生疑。和我们一起吃饭，胡遥会主动要来一只“公筷”，自己的筷子再也不伸进桌面的盘子里。联大是个爱开玩笑的人，有一次联大说：“‘大胡子’现在真是变了，连筷子都用‘公’的。”我们几个哈哈大笑，胡遥却摇了摇头，他一本正经地说：“吃一次，少一次了。”胡遥惯于老气横秋，席间的这句话，我们谁都没有在意。

那是我和胡遥最后一次见面。在之后很长的一段时间里，胡遥再也没有来，或许来了，却没有再和我们联系。为了生活，我们每个人似乎都在争分夺秒，在日复一日的忙碌里，我们竟慢慢地淡忘了胡遥，偶尔想起，也总以为他在忙着自己的生意。我们谁也无法相信，那段忙乱的岁月，初为人父的“大胡子”，刚刚跨进三十岁门槛的“大胡子”，竟然走到了生命的尽头。

胡遥得的是重症肝炎，昏迷到第七天的时候，终于撒手去了天际。从迟来的消息里我们知道，胡遥欠了不少债，经营上的惨淡使胡遥过得非常窘迫，平时有个小病小痛的，从来不肯去医院，不曾想这一回竟是个重症，不得不去医院的时候，已经拖成了肝昏迷。

我们这帮老同学都没能参加胡遥的葬礼，但胡遥的祭日，我一直记在心里——2003年6月23日，星期一。那天下午，我在环城公园里坐了两个小时，静穆的树冠上，滴着寒凉的细雨……

病榻上的雨季

“滚！听见没？滚！！”几乎每个早晨，她都要冲我发出一阵这样的怒吼，假如我充耳不闻，她肯定还会爆出一些不堪入耳的粗口。她歇斯底里的样子，从幽暗的堂屋里浮现了出来，像一头受伤的母兽。

她是房东唯一的女儿，十七岁，卧病在床已经十年了。没有人准确地知道，她究竟患了什么病，木讷的房东夫妇，只有在催收房租的时候，才愿意和我们进行一些短暂的交流。夫妇俩都才四十几岁，但在女儿的疾病里，夫妇俩已经提前老去，男人的背已经驼了，女人也已经鬓发斑白，脸上堆满纵横交错的褶皱。夫妇俩住在屋后一间临时搭建起来的披厦里，和厕所相连，中间隔着猪圈。披厦大约只有七八个平米，白天，是一家人的厨房；晚上，是夫妇俩的宿舍。夫妇俩将家里的厨房进行了改造，连同两间正屋一起租了出去，常年不见天日的堂屋里，用砖头垒起了一张床，这张床，成了她的病榻。

堂屋里充斥着一股浓重的异味。她无法下地，只能在床上便溺，那床她常年盖着的厚厚的被褥，已经辨别不出原来的颜色。我还依稀记得，她披着一头黄色的枯发（似乎连瞳仁都是黄的），偶尔裸露在外的胳膊，就是一截莲藕形状的骨头。她的病态是显而易见的，肮脏的被褥下面，凸显着一副嶙峋的骨架，它们颤抖着，仿佛不堪承受被褥的重压。十七岁的她，和一个七岁的孩子毫无分别，没有发育，也停止了生长。然而，只有在她发病的时候，房东夫妇才会摸出一粒止痛药，哄着她吞下去，热泪成行。在药物的作用下，她时常会昏睡过去，一个上午，或者一个漫长的下午。我们担心她会一睡不醒，但她总会在某一刻突然醒来，疼痛消失了，发窠里都是汗，一丝红晕爬上她深深凹陷下去的苍白的脸颊。这时候，她总是安静地躺在床上，仿佛回光返照，一缕一缕地理着自己的头发。

她沉浸在无边的孤独里，像一只猛兽，自己给自己疗伤。放学的时候，我们时常看见她默默地流泪，大段大段地背诵《红楼梦》。

那一年，电视剧《红楼梦》几乎占据了所有的电视荧屏。胡安说：“她就是林黛玉，薄命。”

高二下学期，我和胡安租住在她家。一开始，她侮辱性的谩骂让我异常愤怒，年少老成的胡安每次都安慰我，事实上，每一次，也都是胡安出面，最终制止了她的谩骂。俊朗的胡安是她的灵丹妙药，她的戾气、她的恶毒、她的鄙俗，从来没有袭击过胡安。很久之后我才明白其中的缘由，病榻上的十七岁，也是十七岁！俊朗的胡安，是她能接触到的为数不多的同龄的男性之一，或许，时常陪她说笑的胡安已经在她的心里埋下了温暖的种子，正是这粒种子，让她对胡安俯首帖耳，言听计从，仿佛她是租客，而胡安才是真正的房东。她的错觉终于影响到了房东夫妇，最后那两个月，房东夫妇甚至免掉了胡安的房租，还很正式地请胡安吃过几顿饭。房东夫妇请胡安吃饭的时候，她也破例被抱上了饭桌，吃力地抓着筷子，一粒一粒地拣着米饭。这时候，她和同龄的女孩子一样，羞涩着，歪着头，尽力不去看胡安，甚至连咳嗽都压抑着，也很少主动找胡安说话。

她牙齿暴突，双唇根本包不住。她也从来没有刷过牙，自从第一次和胡安同桌吃饭之后，她养成了刷牙的习惯。

胡安懂得房东的心思，却毫无办法。学校里无法住宿，附近也没有多少可供选择的廉价的出租房。在那些懵懂的岁月里，胡安其实比我们都要压抑，他既不忍拒绝房东的盛情，也无法不面对那张充斥着鱼腥味的病榻。每天放学，她总会挥舞着《新华字典》，兴奋地大呼小叫，“胡安！胡安！！”她几乎没有正经地上过一天学，《红楼梦》里的许多字，她既不认识，也不明白它的意义。胡安于是教她查《新华字典》，一个字一个字地，读给她听。一个半月下来，她居然全部学会了，在《新华字典》的帮助下，看完了厚厚的一本《红楼梦》。

莫名的疾病严重扭曲了她的心性。现在想来，她原本是个异常聪颖的人，记忆力超群，几乎过目成诵。

那个黄昏，我们第一次听见她背诵《红楼梦》，虽然明显有些错字，但依旧让我们大吃一惊，足以让我们大吃一惊。她的背诵太流畅了，即便是那些斯文的诗词与对话，她也没有一丝停顿。她旁若无人地沉浸在自己的背诵里，从泪流满面，到泣不成声。她的父亲，呆呆地靠在门框上，泪水从笑容里冲决而出，晚霞熔金，镀亮了一张沧桑的面影。这个木讷的中年汉子，其实已经不会笑了，是病榻上的女儿，重新唤醒了他的笑容。

这一幕，从此长久地定格在我的脑海里，每次想起，那张不完全是哭又不完全是笑的脸，总会浮现在我的眼前，心里也总堵着无法言说的酸和疼。上帝确实是公平的。在她面前，上帝无情地关上了一扇门，但也打开了另外一扇窗——虽然这微弱的光亮，并不足以温暖她残缺的身心。

然而，疾病，始终是她的另一重身份。她无力摆脱疾病的纠缠，在一阵阵袭来的疼痛里，她总是习惯性地击打着墙壁，直到把胡安从睡梦中打醒。那些燠热的夏夜，手足无措的胡安，无助地站在病榻前，拉亮了屋子里所有的白炽灯。胡安响亮地开门和关门，但披厦里的夫妇毫无动静，仿佛这是胡安该做的，仿佛胡安是个医生。然而，胡安确实是她的灵丹妙药，她握着胡安的手，终于渐渐地安静了下来，重新入梦。等一切都真正安静了，屋后时常会传出一阵细微的响声——柴门终于开了，女房东的脚步虽然静悄悄的，听上去却步步惊心。

这一刻，尴尬、无奈又无助的胡安究竟想了些什么？我不知道。胡安也从来没有说过。

在一日重过一日的疼痛里，她的脾气也变得一天比一天暴烈，除了胡安，她开始谩骂所有租住在她家的学生，而对我的谩骂，更是变本加厉。那是一个自尊而敏感的年龄，我无法一直装聋作哑，充耳不闻，尤其是她开始攻击我的母亲。但记忆里，我也只有限地还击过几次，每一次还击，也总能撞见房东夫妇中某一张苍老的面孔。令我不解的是，房东从来没有制止过自己的女儿，反倒愤怒地逼视着我，仿佛一切都是我的错。在几次面对面地冲突之后，我终于质问起了房东。在那个灰色的少年的心里，房东夫妇是自作自受，他们对女儿的纵容，已经失去了原则——可怜的母亲时常受到她的责难，偶尔，还挑衅似的，当着母亲的面，掼碎一只又一只端上来的饭碗。而她的父亲，只是默默地坐在椅子上，凶狠地抽烟，或者，大口地喝酒。在女儿被疾病纠缠的漫长岁月里，夫妇之间仿佛订立了一种契约，他们习惯了逆来顺受，骂不还口，打不还手。

然而这一切，我无法忍受，也无法理解，这对仍有生育机会和能力的父母，何以会如此纵容一个常年卧病的女儿。

从她家搬走的那个清晨，雨下了一夜。碧绿的刺槐在雨中摇摆，檐下的雨珠，滴成了一道亮亮的细线。江淮地区的雨季来了，一切都湿答答的，门槛石上爬满了水绿色的苔藓。拎着几件简单的行李，我独自扑向绵延的雨幕，没有和任何人告别。第一天晚上，我已经结清了所有的房租，夫妇俩欲言又止，男人数了数我的钱，女人又数了一遍。

这一回，她破例没有骂我，或许是因为，她终于实现了自己的心愿！

现在想来，她所有的谩骂都是因为胡安，她希望赶走租住在家里的所有的学生，只剩下胡安一个人。她残缺的内心，疾病纠缠的身体，被这个梦想彻底撕裂了。随着高考日益临近，她开始口无遮拦地诅咒每一个人，包括她的父亲和母亲。然而，她的梦想注定无法实现。不久之后，不堪重负的胡安也搬走了。他不愿意生活在这样的梦想里。

胡安搬家那天，我去帮忙。她一直哭，靠在床上，披头散发。女房东木然地坐在她的床头，不时瞟一眼胡安。许多年过去，我已无法还原当初的具体景象，但我始终记得，当我拎着胡安的被褥和脸盆，站在屋里等胡安时，她突然爆出了一声尖锐的叫喊："又是你！滚！"我怒不可遏，脸盆脱手而出。感谢女房东！她用自己一跃而起的身躯，接住了飞舞的脸盆。女房东撵到我的面前，手指戳着我的脸，而她自己的脸，已经涨成了猪肝色。我僵在自己的举动里，久久没有出声。

我听见她说："你怎么能下这个手？她有病，瞧不了的。你也有病啊？！"

“她有病，瞧不了的。”——这句话像一把刀，一下子扎中我柔弱的内心。在年少的气焰里，我已经忘却了她的病痛，甚至还暗暗地咒骂过房东夫妇，不配为人母，不配为人父。然而，在房东夫妇眼里，她既是一个长不大的孩子，也是一个病人。夫妇俩都不知道，她到底还能活多久，但只要她还活着，她就是家里唯一的主宰，就该拥有无限的恩宠和宽容。

在母亲的哭诉里，她终于慢慢地安静了下来，偶尔，仍会爆出一两声细微的抽噎。我和胡安尴尬地站在堂屋里，左右为难，进退维谷。在我，是为刚才的鲁莽之举；在胡安，是如何坦然地离开这个家，而不背负一点儿思想包袱？两难之间，房东说话了，走吧，都走！不要紧的……

“那，我走了啊？”胡安如释重负。这时候，病榻上再次传来她的哭声：“胡安，你要来看我哦，胡安——！”

胡安为难地看了看她，又尴尬地看了看女房东。女房东捉着女儿的手，冲胡安一个劲地点头。在一片令人窒息的沉默里，胡安终于吐出一个字：“好。”

胡安践行了自己的承诺。高中毕业之后，胡安看过她两次。第一次，她还躺在病榻上，给胡安背诵了一段《红楼梦》；第二次，她已经离开了那张病榻，在二十岁生日的前夜，永远地结束了自己的疼痛。医生曾断言她活不过十五岁，但她活过来了，而且活到了一个做梦的年龄。胡安说，他在藕山上找到了她的坟头，坟茔低矮，竖着一块小小的墓碑，上面写着“爱女：吴谷雨之墓”。

（原来，她叫吴谷雨。）

胡安还说，他背不来《红楼梦》，只好给她念了半首《葬花吟》——

花谢花飞花满天，

红消香断有谁怜？

游丝软系飘春榭，

落絮轻沾扑绣帘。

……

后面的，胡安说："记不住了。"我笑了笑，心不在焉地说："我也记不住。"

悬浮的烛火

当我敲下这个标题，隐隐地，我听见自己呼出了一口舒心的长气。二十多年了，它一直郁积在我的胸腔里，像一口不洁的浓痰堵塞住喉管，长久地阻碍着我的表达。二十多年了，还有谁记得那间幽暗的地下室？还有谁记得朱兰英——她的孤独与悲凉，以及慢慢黯淡的青春？

在相当长的一段时间里，除了胡安，没有一个同学知道她的现状。她太孤僻了，高中三年，她几乎没有一个知心的女伴，也没有一个男同学，愿意主动找她说话。在全班所有的女同学当中，她是身板最单薄的一个，如果不是那齐眉的刘海，营养不良的瘦削的瓜子脸，几乎无法认定她的性别。她和胡安住在同一个村子，但高中三年，她从来没有主动找过胡安，放学的时候偶然碰上了，她也习惯了低头，腋下夹着几本书，快步走向她的出租房。中学隔壁是镇里的排灌站，她租下了站里的一个楼梯间，地下半层，没有窗户，白天和黑夜一样，没有一丝光亮。许多年后的今天，当我想起那团浮游的烛光，以及那张瘆人的圣母像，我仍有一种深长的负罪感。

那个周末，她没有回家。胡安从家里回来的时候，给她捎来了一罐咸菜，上面还覆着一层厚厚的辣椒酱。高中三年，我和胡安都是这么过来的，一罐咸菜，对付一个礼拜，偶尔也从食堂里买一点儿荤菜或几个白面馒头。那天晚上，我和胡安合买了五个馒头，但馒头已经面了，很难咽下去，看着胡安捎给她的那罐咸菜，我忽然眼前一亮，辣椒酱蘸馒头！胡安显然有些犹豫，但我已经揭开了罐子，用勺子挖起了辣椒酱。这一挖便无法收拾，等五只馒头全部下肚之后，我们也差不多吃完了罐子里的辣椒酱。我和胡安都意识到事情有些不妙，这只被我们偷吃过的咸菜罐子，还怎么送给她呢？胡安将所有的责任都推到了我的身上，胡安说："头儿是你开的，你去送给她！"胡安的指责让我哑口无言，但主意确实是我拿的，我也应该为此负责。一番讨价还价之后，胡安终于同意写一张纸条，为自己没有保管好罐子并参与偷吃的行为向她道歉。

纸条，男女生之间最常见的交流方式。第二天课间休息的时候，我也向她传了一张纸条，询问送还罐子的时间和地点。我很快就收到了她的回复，那是我第一次看见她的笔迹，一撇一捺之间大开大合，无拘无束，笔锋间溢出一股硬朗之气，像出自于一个叛逆的男孩子。这种强烈的反差让我生出一种好奇，我和胡安面面相觑，她怎么会写出这样一手好字？！

那个燠热的傍晚，乌黑的云层在藕山上空飞渡，暴雨就要来了。站在排灌站的院子里，我一手拎着三只馒头，一手抱着她的罐子，急速的鼓点敲打着我的心脏。终于下到了地下室，狭长的楼梯间里潮湿而阴暗，仿佛还有另一个人，我走他也走，我停他也停。和停下来相比，我情愿我们都在走着，一旦停下来，四周就是死一般的寂静。她真住在这里吗？这太可怕了，她一个女生，十七八岁，胆小怕事的年龄。我用身体推了推楼梯间里唯一的一扇格子门，门开了，漆黑的室内荡漾着一团墨汁，仿佛伸手不见五指的黑夜，正是从这里向外辐射。我惊惧地站在门口，随时准备逃走。

“进来啊”。是她的声音，接着又爆出“刺啦”声。一小团烛光从黑暗里冲决而出，像水面上浮着一盏小桔灯。我不知道自己在门口站了多久，那畏惧与震惊交叉的一刹那，让我做了一学期的噩梦。她竟然寄居在黑暗里，而且，除非必须（复习功课，或者做作业），她绝不会点燃奢侈的蜡烛，甚至，很少出门。她主动接过我怀里的罐子，还轻轻地说了一声“谢谢”。幽暗的烛光里，她罩着一件宽大的白色的睡衣，苍白的肩膀裸在外面，肩头上吊着两根细细的带子。我终于慢慢地适应了黑暗，室内居然只有一张床，紧靠床边的，是一张看不清颜色的桌子。桌子上方的墙壁上，贴着一幅画，画中的女人从幽暗中突然浮现了出来——一袭白衣，双手合十，目视前方。

许多年之后，我才知道那是一幅中国版的圣母像，画中的女人，是圣母玛利亚。当圣母像突兀地出现在1989年的乡下小镇一间幽暗的地下室时，我既恐惧又迷惑。我没有见过这样的画像，它纯粹而简单，和乡下习见的画像完全两样。她仿佛和我不在同一个世界，她的决绝和封闭，让我一次次想起邻村的那个老巫婆，深居神秘莫测的帷帐，往返于生死之间，为形形色色的逝者代言……在事后对胡安的描述里，我一直把那间恐怖的地下室形容成女巫的巢穴，而那张被烛火映亮的脸，青面獠牙，齿间都是淋漓的血。

……我拔腿就走，她追在我的后面，“我是老虎吗？”“你偷吃了我的东西，你要向我道歉！”……我没有理她，跑过大雨如泼的排灌站，跑过大雨如泼的马路，一直跑到学校对面的理发店。据住在排灌站里的同学说，那个大雨如泼的黄昏，她一直徘徊在排灌站的院子里，湿漉漉的睡衣，裹着一具单薄的孩子似的身体。住在排灌站里的同学总共有五个，但没有一个同学愿意给她送一把伞，对于同学们来说，她只是一个怪癖的女生，一个面熟的陌生人。

第二天她就病了，急性肺炎。班主任课间找到了胡安，让胡安想办法通知她的家长，卫生所要求她住院，但她竟从卫生所里消失了……如今，许多年过去，我已无法确切地知道，她那一次生病是不是埋下了致命的祸根，如果事实确是如此，那我，就是个无法饶恕的罪人。不久之后她就退学了，来办手续的是她的姐姐，一个比她还要瘦削的女人。胡安领着她找班主任，领着她到财务室，她只是沉默着，黝黑的脸上看不到一丝表情。

她幼年丧母，父亲酗酒成性，家里的田几乎都荒着，同母异父的姐姐和她相依为命。她坚持要读书，每次开学，父亲都要送上一顿毒打，父亲打她的时候，姐姐不敢阻拦，只是到小卖部里买一瓶散装的劣质酒，而后赔着胆怯的笑脸，一口气灌醉他……灌醉了他就不打了，灌醉了，他就瞪着一双血红的眼睛，抱着姐姐喊着“×××”“×××”——×××，他的妻子，姐妹俩的母亲……胡安说起这些的时候，我很长时间难以相信，但胡安没有理由凭空杜撰，更何况，胡安也不是那种善于杜撰的人。

大约在我上大学的时候，她就嫁给了一个建筑工人，不久之后就确诊了癌症，那时候她已经有了一个女儿，但丈夫一家拒绝给她治病——在婆婆一家看来，她是“丧门星”，不吉之人。在生命的最后的日子里，她被婆婆赶进了谷仓，她的病体再次寄居在深长的黑暗里——谷仓里没有窗户，也没有灯。女儿四岁那年，她就去世了，年仅二十四岁。

姐姐去看过她两次，每次回来，都在村子里大放悲声。她不愿意回娘家养病，她是可以回来的，婆婆和丈夫都巴不得，但她就是不肯。生是婆家的人，死是婆家的鬼，即便婆家不给她治病！在残酷的青春里，她和自己狠命地较劲，但她终究还是输了，像那支悬浮的烛火，在无边的黑暗里，慢慢耗尽凉薄的青春和生命。

胡安写给她的那张道歉的纸条，我一直带到了大学，后来莫名其妙地失踪了。现在，我和胡安偶尔还见面，每次说起那张纸条，胡安都言之凿凿地表示，纸条是被她拿走了，她自觉不欠这个世界，而这个世界，当然也不能欠她一个道歉。

胡安说的，我信。毕竟，胡安也不是那种善于杜撰的人。

逃跑的兔子

那个黄昏，晚霞如火，我独自在喧闹的花冲公园里散步。忽然，路边的树丛里冲出一只兔子，冲到我跟前的时候，又猛然停住了，仿佛迷了路。我惊奇地看着它，浑身灰邋遢的，两只大耳朵支棱着，整个形体呈现出一种病态的消瘦。它在东张西望，我能看出它的紧张，似乎还在发抖。我试着蹲了下来，它竟没有逃走的意思，仿佛，它之所以突然出现，就是为了引起我的注意，就是为了让我给它一个安身立命之地。我想：它肯定是饿久了，横竖是个死，倒不如把自己交给这个人试试。现在想来，动物其实和人一样，天性里也有好赌的因子。

于是，这只来历不明的兔子在我的阳台上安了家。我给它洗了个澡，发现它原来是白色的，那么好看的白色，像一团滚动的棉花。一只兔子到底能活多久？一只兔子到底能长多大？与生命有关的问题似乎都不能细想，想得深了，人极容易沮丧。

童年的时候，我逮过两只兔子。一只是在巢山上逮的，尚在婴儿期，长着一身灰不拉叽的毛，蛰伏在一个小小的雨水冲刷出来的洞穴里。它在我的手心里挣扎，应该还发出过一两声恐惧的叫喊。那只兔子我养了四个多月，它也在我的精心喂养里，一天天长大。每天放学，我都会从田埂上采来它的一日三餐。毛豆的叶子，小东西最爱吃了，每次装了半书包，一天下来，就被它吃了个精光。母亲担心它会被撑死，时常会挑出一部分菜叶，第二天再喂它。菜叶确实要“挑”，有些菜叶，根本放不到第二天——在精心的人工喂养里，它居然学会了挑肥拣瘦，那些不新鲜的叶子，它碰都不愿意碰一口，因此几天下来，笼子底部就铺了一层凋萎的叶子，而它就像个悠游的国王，肆无忌惮地在叶子上拉屎和撒尿……母亲时常笑话我，说我把它惯坏了，哪怕是个人呢，也不至于会生出如此刁钻的胃口。也不能老是喂毛豆的叶子，每隔几天，我就得想办法给它找来些新鲜的青草。它仿佛已经预见了自己的命运，因此在有限的幸福岁月里，它尽情地挥霍我对它的宠爱。那四个月，它是我的绝对主宰。

可惜它最终死于非命，那时候它已经很大了，体态丰满，一身灰不拉叽的毛发，散发出一种富于营养的光泽。那个夜晚，我们去新庄看露天电影，《渡江侦察记》，等我们回家的时候，笼子里已经空了，地上是一堆凌乱的毛发，还有一摊新鲜的血。凶手是邻居家的大黄狗，对于这只肥硕的兔子，它垂涎已久。等我找到大黄狗的时候，它居然已经酒足饭饱，幸福地睡着了。大黄狗也是我的好朋友，每天放学，它总是守在村口的大桥上，风雨无阻。一看到我，就远远地朝我追上来，而后，在我的身前一路小跑……我原本拿了根棍子，准备教训教训大黄狗，但一看到大黄狗，我又放下了。我傻傻地看着一地兔毛，难过地哭了起来。从梦中醒来的大黄狗显然知道自己犯下了大错，它一声不吭，低着头，慢慢地摇着尾巴，默默地消失在夜色深处。那一夜，我呆呆地守着空空的笼子，始终不肯上床，始终在想象它被撕咬的疼痛、恐惧和垂死挣扎的样子——如果我不去看露天电影，如果我记得关上它的房门，它就不会死于非命。它会恨我吗？我不知道。这个问题困扰了我很长一段时间，母亲总是含糊其词，姐姐总是词不达意，最后，她们都被我问烦了。它不是人！所以不会恨！不是人，就一定不会恨吗？那时候，我总觉得它是会恨的，不是人，但它也会恨。

另一只兔子是在小圩里逮的。是秋天了，我和二哥在挖荸荠，它忽然出现在荸荠田里，一路狂奔。我丢下铁锹就追了上去，我那个跑啊，心脏都快蹦出来了。现在想来，我已经无法理解自己为什么要去追一只兔子，按照常理，人是不可能追上兔子的，但事实上，我追上了。我居然一直没有放弃，居然一直追到了两里之外的小圩埂上。最后，它赴死般地跃入水里，在水里挣扎、张皇，大约，还有一丝对人的绝望。

在水里，我把它按住了。那是一只成年的兔子，如果它是人类，至少已经超过了五十岁。它挣扎的力气太大了，即便是在水里，我也使出了吃奶的力气。上岸的时候，我几乎已经精疲力竭，它还在我的手里，惊恐万状，一直没有放弃过挣扎。在村民们的指使下，我抓着它的两条后腿，将它狠狠地掼在圩埂护坡的石头上。再掼！已经不需要再掼了，我只掼了一次，它就放弃了挣扎。

我傻了。那时候我还不到十岁，虽然已经养死过一只兔子，但我还是无法面对自己制造的死亡。在把那只死兔子丢给二哥之后，我就独自回家了。我知道，兔子不仅是狗的大餐，对于乡下的农人们来说，也是难得的美味。

母亲不敢动手，只好请来了春明大婶。那个秋天的黄昏，春明大婶的双手沾满了鲜血，一把触目惊心的菜刀，染红了夕阳的脸。我骇然地站在她的身边，看着她剥皮，看着她开膛，血光中的春明大婶容光焕发，仿佛，她宰杀的不是一只穷途末路的兔子，而是一匹狼。更令我骇然的是，春明大婶竟然还抠出了兔子的眼睛，用水简单地洗了洗，在众目睽睽之下，微笑着吞了下去！在牌楼的母辈们口口相传的偏方里，生吃鱼眼和兔子眼，可以防治眼睛老花。那时候的春明大婶已经四十好几了，她已经吞下去无数双鱼眼，每吃一次，就要拉一天的肚子。最厉害的一次，几乎来不及提裤子，在茅厕和后门之间奔走了一个星期。这一幕，成了牌楼人一个最为持久的娱乐性的笑料和谈资。然而春明大婶依旧执迷不悟，在漫长的寡居岁月里，春明大婶成了一个狂热的鱼眼爱好者。她几乎活成了一只猫，循着鱼腥味，笑眯眯地出现在刚刚买回一条鱼的人家里……如今，将近三十年过去，春明大婶已经成了半个盲人，另一只眼睛勉强还能见光，不过也只能模糊地看见晃动的人影。这真是个绝妙的讽刺，然而谁能相信呢？生吃鱼眼和兔子眼，依旧是牌楼的母辈们笃信不疑的偏方之一。在她们看来，偏方没有任何问题，只是春明大婶的命，实在是太硬了，她三十多岁就克死了丈夫，四十岁不到，又克死了唯一的儿子——偏方，通常都不适合命硬的。我始终无法理解这些怪论，尤其是到了今天，一个求医问药已经很便捷的年代，那些凶险的偏方，何以仍会让牌楼的女人们笃信不疑？在漫长的年少岁月里，总有一些依赖偏方的老人，第一天还在地里忙活，有说有笑的，第二天，突然莫名其妙地撒手人寰。我相信，所谓的偏方只是一个人的或然的命运，而某一些偏方对于某一些人，本身可能就是致命的。

兔子肉的味道我已经忘了，那是我第一次也是最后一次吃兔子肉。有一年春节，一个远房亲戚送来一块风干的兔子肉，母亲用红椒加小葱爆炒了，红的红，绿的绿，看上去非常诱人。但我始终没有动筷子，母亲于是说起了那个秋天的黄昏，母亲说：“为了争吃一块后腿，兔子肉还没下锅呢，你和妹妹就在吵架了……”我有些将信将疑。那个秋天的黄昏，我在其中，许多细节已经模糊，只有春明大婶沾满血的手，还清晰地留在我的记忆里。事后我专门问过妹妹，对于那顿美味，妹妹已经没有了任何记忆，她已经忘却了那个秋天，甚至忘却了我曾经喂过一只兔子。人类是最善于健忘的动物，很少有人能记住自己无意中犯下的恶，也很少有人愿为之忏悔，并在漫长的人生里，真诚地修为。

这是与我相遇的第三只兔子。虽然来历不明，但我决定好好喂养。我从小区里拔了一篮子青草，但它只是潦草地吃了几根，就懒洋洋地卧下了。我又从超市里买了一斤红萝卜，切成一丁一丁的碎块，它用鼻子小心地嗅了嗅，一天过去，居然没有吃一口。我急坏了，它非饿即病，我急忙向兽医求救，但那时候，合肥还没有专门治疗兔病的兽医，也没有一个医生愿意给一只兔子打针或开药。它会死的！我坐立不安，事实上，我无法再目睹一只兔子走向最后的死亡。思虑长久之后，我决定回到花冲公园，重新放了它。花冲公园里有许多卖兔子的小贩，或许，它能找到自己原先的“家”。

但它不肯走。一开始，它只是蹲在路牙子边上，懒洋洋地，仿佛随时都会倒毙。它会死的！那一刻它让我深信，它确实已经不久于人世。游人越聚越多，它终于夺路而逃，浑白色的身躯，像一团滚动的棉花。令我诧异的是：它逃跑的姿势看不出任何病态，第二次逃跑，疾如一道雪白的闪电，眨眼间，就彻底消失于灌木深处……原来，所有的病态都只是它的伪装，它终于得以成功逃脱。第二次逃脱。然而花冲公园是开放式的，过于喧嚣，对于一只兔子来说，环境其实并不适合。好在除了孩子们，没有人会真正在意一只逃跑的兔子，它的饥饿、病痛和最终的命运，从此和它的影子一起消失了——仿佛，它一直没有出现过。

“叔叔，你干吗要放走它？”一个孩子问我。我笑着摸了摸孩子的头，猛然间，如释重负。

夜行列车

盛夏的某个夜晚，我坐上了一趟去往北京的列车。车厢里的旅客，多得令人吃惊，仿佛半座城市的居民都挤了进来，他们或站或坐或卧，占据了车厢里的每一处空隙，甚至堵住了去往卫生间的门。一个中年妇女席地而坐，她就靠在卫生间的门上，怀里抱着一个孩子，这个我既看不出性别也看不出年龄的孩子，正蜷缩在母亲的怀里（眉头紧锁，像一只受伤的幼小的兽），酣然入梦。他（她）是整列车厢里唯一不被惊扰的人，他（她）的嘴角还拖着涎水，多么安静。

我试图阅读麦克尤恩，但在这样一列人满为患、鱼龙混杂的车厢里，似乎不应该出现一个阅读麦克尤恩的男人。我看见有人在喝酒，有人在“斗地主”，有人在听MP3，有人在玩手机游戏，还有些男人和女人始终搂在一起，手上和嘴上的动作无所顾忌，放肆的青春一览无遗……我看见有人在很响地翻着报纸，但没有人看书，是真的没有，我发誓！这确实不是一列适合阅读的车厢，尽管我有些感冒，但我还是嗅出了车厢里弥漫的烟草味、汗味、酒味、复杂的体味以及某种难以名状的鱼腥味。事实上，这样一列车厢已经和一盒密封的铁罐头相差无几，我深陷在没有提前买票的懊恼里。

坐我对面的是一个中年男人，短短的平头，浓黑的八字须，右手腕里刺着一个朱红色的“忍”字（仿宋体，一号字）。这么触目的刺青犹如上古的黥刑，它赫然出现在一个旅客的手腕上，多么令人生疑，多么令我惊异。我暗暗地打量着他，暗暗地猜测着他的身份，他此行的目的地……车窗玻璃映着他瘦削的脸，无边的夜色湮没了我们的旅途，只有列车，这个喧嚣的爬行动物，将墨黑的夜色，飞速撕裂。车窗玻璃里，他始终在东张西望，偶尔瞟一下我，或者看一下手机。再无别的。这个陌生的男人和我一样坐立不安，同时又无所事事，或许，他也对坐在自己面前的这个男人充满了警惕和好奇，他可能也暗暗地观察过我，甚至也猜测过我的职业和目的地。这些观察和猜测其实是旅途的一部分，在寂寞的旅途上，我们都是一个个无法破解的谜。

时间很快就越过了子夜，列车上的崭新的一天，和前一天没有任何差异，更多的人，挣扎在半梦半醒之间。除了那个孩子，似乎没有人敢真正地入睡，在这样一列复杂的车厢里，所有的人都保持警惕。尤其是在列车短暂的停靠里，我看见，有些并不下车的人甚至站了起来，死死地盯着自己的行李。这样的严防死守似乎是一种传染病，我和对面的那个男人最终也站了起来，我们一站起来，就都装模作样地伸起了懒腰，仿佛约好了似的。这个掩饰动机的小动作一下子拉近了我们的心理距离，他短促地笑了一下，他的笑容，传递出了他的善意。我紧绷着的神经一下子放松了下来，我相信，我的笑容也让他如释重负，他松松垮垮地靠在座位上，片刻之后，竟安然地睡过去了。我长久地看着他，这张熟睡的陌生人的脸，堆满了沧桑的岁月。

但我始终没有睡意，甚至没有一丝困倦。夜行列车敲打着无边的铁轨，也追逐着无边的时间。这时候，我终于放心地读起了麦克尤恩，我相信这时候，已经没有人能惊扰到我的阅读，即便是陆续有人上车和下车。这趟夜行列车几乎逢站必靠，不断有些陌生的男男女女挤进这列车厢里。这些从暗夜里扑进来的陌生人，像一株株移动的水藻，很快就流失在时间的长河里。这趟寂寞的旅途，我只记住了两张面孔，一个来历不明的中年男人，一个同样来历不明的熟睡的孩子。

麦克尤恩的短篇写得真好，像一个人的旅途，充满荒凉和划痕，暗藏锐利的刀锋。天早就亮了，火车已经驶进了热浪滚滚的北京。对面的中年男人还陷在自己的梦里，很快，我们就一起消失于苍茫的北京。

慢慢跑进老年

母亲过世之后，我忽然觉得自己已经老了，最明显的症状是间歇性的失眠和抑郁，其次是无缘无故的疲劳和健忘。在荒凉的夜里独自醒来，我终于下定决心，恢复自己热爱的体育运动，打羽毛球（对颈椎病有独特的疗效），或者是慢跑（老少皆宜，安全而环保）。

许多年了，我一直习惯于早起，看书、写字，或者干脆无所事事。如影随形的紧迫感像一只下山的猛兽，驱赶着我不敢有一丝懈怠。在天长日久的阅读和书写里，我已经渐渐地远离了运动，彻底地荒废了长期处于亚健康状态的不再年轻的身体，甚至计划着退休之后，再来慢慢调养和修理。“少壮不努力，老大徒伤悲。”在我的意识里，青年时代是用来打拼的，既要好好学习，更要天天向上。然而，当身体一次次发出预警，意识到自己未老先衰之后，我终于明白，对于浮萍一样的草根阶层来说，身体是革命的唯一资本，如果连这个资本也丢了，所有的努力都将付诸东流。我暗暗告诫自己，写作和生活虽然路径不同，但本质上都是一场生命的马拉松，这是一场漫长的苦役，成功只会留给那些早有准备的人。而在投入这场赛事之前，我几乎毫无准备，仅仅凭着一腔热血，就带着一具早产的先天不足的身体赤膊上阵，虽然我从未真正在意过输赢，但我清醒地知道，我只有尽可能地跑得更快、做得更好。

晨练的，绝大部分是老人。打羽毛球需要对手，因此我通常会选择慢跑。从家门口出发，慢慢跑出小区，接着跑过一排临街的门面房，而后是小区隔壁的一个超市小广场。城市里的运动场地非常有限，广场上总是人满为患，打太极拳的、练木兰剑的、踢毽子的、打羽毛球的、跑步的、倒着走的、抖空竹的……还有三五个老人从不参与任何运动，他们鹤发童颜，精神矍铄，兴味盎然地讨论着钓鱼岛之争、朝核问题、“十八大”、“H7N9禽流感”……我不止一次地看见他们从不同的方向踱过来，手里捧着一杯茶，笑逐颜开地聚集在一起，仿佛是奔赴一场不能爽约的固定的晨会。这个逼仄的超市小广场，让我一次次想起破罡街上的老杜茶馆——十里八乡的老人，认识的，不认识的，每天早晨都要在茶馆里报个到，到了，便是还活着，且还能走路，身体尚好。

这些和时间争取时间的老人们，我大都只是脸熟。工作日我总是早出晚归，休息日我几乎闭门不出，在这种不规律的生活里，我和邻居们几乎没有交集。在城市里浮游，个体的生命状态其实都是相似的，而每个人的生命状态，又都是隐私。一次慢跑，我偶然碰见住在我家楼上的一位老人，老人已经七十多岁了，我常看到她追在孙子的身后，大呼小叫着，不要摔倒了！不要摔倒了！也在慢跑的老人主动和我打招呼，她认识我儿子，顺带着也认识了我。我含糊着回应了一声，老人的“话匣子”就此打开了。她气喘吁吁地诉说起自己的小孙子，整天玩游戏，《愤怒的小鸟》《植物大战僵尸》，眼睛已经近视。我哑然地笑着，科技已经改变了我们的生活，并且还将进一步改变，但与此同时，科技也培养出了一群深度中毒的少年儿童。大约是误解了我的微笑，老人又控诉起了儿子和媳妇：媳妇整天忙着化妆，画得跟妖精似的；儿子在外面跑出租，晨昏颠倒，根本没时间管孩子……老人大约是压抑得太久了，长久的压抑使老人成了又一个“祥林嫂”，希望能有一个人分担她的苦恼。然而，这样的苦恼别人注定无法分担，我也不想介入她的家事，生活，总是自己的，别人永远无法把脉，也无权说三道四。我只好借故落在老人的身后，看着老人慢慢跑远的背影，一阵心酸——这个老人的今天，会是我的明天吗？我不知道。我知道的只是，人一旦进入了老年，绝大多数隐私就不存在了，存在的，只是灵与肉的孤单，因为孤单，所以需要倾诉。

我害怕着一个孤单的老年，像某些空巢老人一样，爬上任意一辆路过的公交车，毫无目的地循环在空荡荡的闹市里，借以打发难以打发的时间。于是，我动员妻子陪我打羽毛球，不久之后，又成功地说服了儿子陪我一起慢跑。他们是我拼搏一生的动力和依靠，人近中年，我比任何时候都希望，他们比我健康，比我长寿，能和我风雨相依，一直到老。

跑着跑着，一抬头，面前忽然晃动着一张似曾相识的老人的脸。老人的腰身佝偻着，行动有些迟缓，头上顶着一堆雪，暴突的汗珠一颗颗砸下来，仿佛已经跑了几十年。擦肩而过的瞬间，我猛然认出了那张布满褶皱的脸，他是我前单位的前单位的前单位的一位退休的老领导。遥远的记忆里，他酷爱打篮球，单位里每年都要举办两次篮球比赛，他亲自组队，亲自上场，投出一记又一记优雅而精准的三分球……我一边慢跑一边悄然回头，老领导茫然地站在原地，手里遛着一条乳白色的哈巴狗。哈巴狗兴奋地上蹿下跳着，看上去，和猫一样温顺，和猫一样大小。

歙　南

一片绵延的山脉横亘千里，几座青瓦石屋依山而筑，像几枚黑白棋子，零星地散落其间。崎岖的山路上，间或也有一两个山民，挑着沉甸甸的担子，或是去给茶林施肥，或是去山外用土特产换几个小钱。

乡间烟尘滚滚的公路上，一辆三轮车载着我深入歙县。车子在山岭与山谷之间爬上又爬下，车轮之外，悬崖笔直下落，谷底的山溪，像一条舞动的白蛇。绵延的山脉擦肩而过，层林尽染，无名的野花争奇斗艳，不时也有一两只山鸟振翅疾飞，洒下一两粒空啼，山林里回荡着无边的生气。倘若不是这条路，这种生气是撩人心性的，然而这条惊心动魄的山路，让我提心吊胆，冷汗淋漓。

我提前下了车，其实此行，我本就没有一个明确的目的地。这里是歙南山乡一个偏僻的小村，空地上蹲着十几座民房，一座古色古香的石拱桥横卧一脉清溪之上，溪水清且涟兮，砭人肌骨。游鱼石虾隐约可辨，人来不惊；桥头的三个小贩争相吆喝，话如鸟语。玩童相娱，怡然自乐，见有人来，皆极诧异。山民住所皆为徽派，枕山而卧，傍水而眠。室内陈设简朴，多为木器。山民靠山吃山，伐薪烧炭，码与梁齐。沿着一条逼仄的青石板，一条小街匍匐在氤氲的山雾里，像一个情窦初开的村姑，清寂而腼腆。店内多为百货，亦有山民自制纪念物，物美价廉，古色村香。和店主闲聊，知其世袭山居已有多年，清寒淡泊，与世无争，虽非“不知有汉，无论魏晋”，但听主人述说，他未出山口竟已有数月。店内陈设的物件一次性购进，往往够销一年。主人言辞，虽不是彻底的清心寡欲，但显然懂得乐天知命的道理。

握别店主，我折进一条山路，山路的尽头是方圆数里唯一的一所学校。在正午的阳光下，依山而建的操场上矗立着一杆斑驳的国旗，两层木楼共有八九个教室，教室里密密匝匝的桌椅。我走近一个窗口，泥漆剥落的黑板上写着几行板书，一个面相丰腴的女教师正拿着课本，领着孩子们背诵《荷塘月色》。靠近窗户的时候，我惊扰了窗下的几个孩子，其中一个女孩儿拖着乌黑的辫子，瞳仁比黑还黑，像一片小小的没有尽头的夜。更多的孩子一脸的茫然，这群可能从未出过远门的孩子，这一刻释放出全部的好奇心——这个突然出现在窗外的人是谁？他为什么会突然出现在这里？教室里很快就有了一阵小小的骚动，女教师不得不停下手里的功课，她红着脸，对我短促地笑了一下，仿佛这一切都是她的过错，仿佛是她打扰了我。女教师的窘迫催生了我的窘迫，我几乎是慌不择路了，如果女教师走出教室，我真不知道该如何解释自己的举动。我只是一个过客，一个来乡下散心的人。一个陌生的男人独自出现在如此偏僻的乡下，注定是一件奢侈品。除了他自己，这里没人能理解他的举动。

独自去歙南，是我由来已久的愿望。这片孕育了徽商的土地像一块巨大的磁石，我无法遏制自己的神往。行政区划上的古徽州已不复存在，但在歙南，古徽州的腹地，今天仍有人记得这样一首民谣：“前世不修，生在徽州；十二三岁，往外一丢。”这或多或少可以折射出古徽州人的生存状况和外出经商的原初动力。在泛黄的历史书卷里，徽商盛极一时，独执明清商界之牛耳。风吹过，雨打过，曾经的辉煌在历史的尘烟里渐渐消散，但这片神奇的土地依旧人文荟萃，虎踞龙盘。在歙南的村头，在歙南的路口，我看见无数座有名的无名的贞节牌坊，它们在风吹日晒里黯然老去，夕照闪烁，斑驳的锈色宛若旧年的血迹。我拍了一些照片，它们清冷、阴郁、寒凉，在电脑里层层叠放，摊在我面前的，竟是一部颠踬的血泪史，一部以“程朱理学”为经纬的电子书。拍照的时候，其实我没有想到这些，她们兀自伫立着，像那些烟消云散的年月。但我想象过她们遥相眺望的样子，她们一脉相承，相互取暖，烟消云散的年月因此有了一丝隐秘的关联。没有人知道谁是第一个，在典籍里我也没有找到相关的确切记载。其实这一点儿也不奇怪，她们本就岌岌无名，在那个盛极而衰的男权社会里，女子只是一件生育的工具，一个看门护院的活物。贞节牌坊，是男权社会精心构筑的一副心照不宣的枷锁，它既维护着男性的强权和意志，也体现着男性的虚弱和自卑。

返程的时候，一个老妇人和我同行。她弯腰驼背，拳头大的脸上堆满了皱褶，老得已经看不出年龄。车子在崇山峻岭间缓慢地攀爬，每一次都危险万状，每一次都有惊无险。有一次，车到半坡，老妇人忽然抓紧我的手（她温热的手指，像五小根干枯的树枝），脸上的皱褶微微泛红。这陌生的来历不明的双手，我没有拒绝。这陌生的来历不明的双手，我一直握到了车到站，人下车。

下车之后，老妇人偏头望了我一眼，我目送着她，像一株摇摆的水藻，慢慢消失于小城屯溪。

伏 岭 记

一阵疾风过后，阳光就从玻璃上飞走了，雨粒像一串串明亮的珍珠，在操场上砸出一个个小坑。一大批孩子抱头奔回教室，剩下的一批，坚持留在操场上，配合我们的口令。我们需要孩子们学唱徽戏的外景。来一遍，再来一遍，女生版的关羽于是喟然道：“老了哇，老了！”围观的孩子们于是又笑了……孩子们的笑容雨水一样明净，雨水一样单纯。

是在绩溪县伏岭镇里的伏岭小学，时间已近正午，不少围观的老百姓已经端上了饭碗。是些老人、儿童和妇女，和中国的绝大多数乡村一样，老人、儿童和妇女是永远守护着的一群人。这群农耕文明的忠实守护者，大约都没有见过这样豪华的阵容：三角架、摄像机、高高吊起的无线话筒，还有一个人在不停地摁着快门……一个头发斑白且有些蜷曲的老人坐在低矮的花坛上，默默地抽烟，专注地盯着我们的拍摄。在这个豪华的阵容里，我几乎是个闲人，老人于是主动和我搭讪，询问我们拍摄的主题和内容。老人操着一口我能够听懂的普通话，中气很足，语调缓慢。我一一回答了老人的询问，老人双目圆睁，仿佛是以此表达他的敬重和兴奋。老人说："这不是一条平常的河流，它是徽州的文明之源；徽戏也不是一个寻常的剧种，乾隆年间，四大徽班名震京城……"老人告诉我，现在的登源河（新安江的一条支流）已经不是老早时候的登源河了，老早时候的登源河水流汤汤，舟楫如织，沿岸都是大大小小的码头，运木材的、运茶叶的、运蚕丝的……什么都有。说起这些的时候，老人的语调变得异常激越，他原是坐着的，这时候突然站了起来，时不时地冲我挥一挥手。我知道老人是在"说古"，在老一辈徽州人的记忆里，那时候的徽州，才是令他们骄傲的徽州——商贾云集，马头墙飞渡，繁华过处，都是尘世的喧嚣……我默默地听着，老人好容易才打住了自己的话匣子，他神往地笑着，嘴里空洞洞的，仿佛一段暗哑的岁月，茫然无尽头。

在老人短暂的沉默里，我的眼前忽然浮现出古老的戏衣，浮现起第一天上午，我在村子里见到的场景。在那间古旧的祠堂里，七个老人为我们演绎关羽的一段戏，《水淹七军》："又听得曹营内，大小儿郎闹——嚷——嚷——；我也曾过五关来斩六将……"老人们演绎得非常投入，尽管我们一直在拍摄，但老人们吹的吹，唱的唱，拉的拉，打的打，一个个气定神闲，如入无人之境。一旦穿上那套已经传承了一百多年的戏衣，戴上那顶已经沿袭了一百多年的头盔，老人们全部的身心就都交给了徽戏。

伏岭，徽剧之源。但徽剧并不等同于徽戏，徽剧的声腔包括青阳腔、徽戏、徽昆以及花腔小调几大部分，以徽戏和青阳腔为主。徽剧发源于明代，当时的古徽州是中国东南部的商业、文化中心，进入这一带的乱弹声腔与民间音乐相结合，逐渐演变为一个成熟的剧种。乾隆年间，“三庆”“春台”“四喜”“和春”四大徽班先后进京演出，一时名噪华夏，这就是著名的徽班进京。我们现在熟悉的京剧，是道光、咸丰年间，徽剧在北京与湖北汉剧等剧种相融合，渐渐演变过来的。京剧兴盛之后，徽剧艺人多学唱新腔，作为一种剧种的徽剧日渐衰落，解放前甚至濒于消亡。好在这种古老的剧种，最终还是在它的故乡传承了下来，这些热爱徽戏的老师傅们，还组织了一个少年徽剧班（就是本文开头写到的那群小学生），自发承担起培养接班人的使命。在今天的伏岭，每逢过年过节，村子里都有集体表演，唱戏的都是十五岁以下的孩子，青壮年和老师傅们都愿意站在幕后，让作为接班人的孩子们能得到更多的实战锻炼。一代代伏岭人都是这么走过来的，这种心照不宣的默契，使传承成为传统。村里的两百套戏衣已经传了一个多世纪，村民们无论男女老少，每个人都会唱，连五音不全的都会，不会唱的也会敲敲打打。

然而，这样的传承还能延续多久呢？伏岭，皖南山区的一个古村落，已经在固有的文化传统和市场经济的大潮中慢慢衰落了。同当年的胡雪岩一样，村里的年轻人大多已经翻过了徽杭古道，在别人的城市里谋求自己的生存。“前世不修，生在徽州；十三四岁，往外一丢。”人多地少的现实境况迫使无数徽州人走上了行商坐贾之路，徽商最终也成为著名的商帮。鼎盛时期的徽商更执中国商界之牛耳，占全国总资产的七分之四，因此有“无徽不成镇”之说。今天的伏岭人依旧因袭了“徽骆驼”的精神和外出经商的传统，一面谋求商业致富，一面致力耕读传家。但传统意义上的“耕读”，现如今已经难以传家了，随着一代代年轻人相继落户山外，伏岭这座古村落，事实上已经断层了。那些远走他乡的年轻人，他们会将古老的徽戏带出伏岭吗？我不知道，我唯一可以肯定的是，他们应该会带走徽菜。

除了孕育过徽戏之外，伏岭还是名不虚传的徽厨之乡，伏岭村虽小，却出了一批声名远播的徽菜名厨。毛泽东《水调歌头·游泳》中有“又食武昌鱼”的诗句，烹制这道“武昌鱼”的，就是两位从伏岭到武汉的徽菜大厨——程民开和邵在维。高耀水，人民大会堂国宴厨师，他烹制的“红烧划水”，深得邓小平的青睐，如今已成为徽菜的代表作；邵之俊师傅更将徽菜烧到了英国、阿尔巴尼亚，使徽菜走上了世界大舞台……在伏岭采访的两天里，我的口福得到了前所未有的满足，在嶂山大峡谷脚下的一个农家饭店里，我第一次吃到了“伏岭十碗八”，这道创新过的徽菜古色村香，呈现出浓郁的地方特色。虽然我已经记不确那些繁复的菜名，但舌尖上一直盘踞着它们的滋味。事后我才知道，这家饭店的大厨，曾掌勺车如流水马如龙的上海“五芳斋”。大厨的两道眉毛全白了，两角弯弯着向外翘，像小北风卷起的两小堆雪。

在伏岭，你任意推开一家大门，都有可能遭遇曾经走南闯北、声名显赫，如今荣归故里、安度晚年的徽菜厨师。从那些悬挂在陈旧的徽派厅堂的玻璃镜框里，你必能看到他们掌勺时的俊雅风姿，也能从中窥见他们厨艺人生中的辉煌往事。在他们的镜框之上，大多还挂有胡雪岩的标准像，暮色深重的厅堂，散发出岁月的幽光。

皖南山区的雨，来得急，去得也快，大约一顿饭的功夫，雨就停了，细碎的阳光从云层里冲决而出。撇开摄制组，老人领着我在村子里慢慢地转悠。老人姓邵，退休前是上海造船厂的一名机修工，退休后又回到了伏岭，成了一个安享晚年的村民。老人的一双儿女早已扎根上海，孙子辈的，一口上海话，“那妈老哈”“了拉竺啥”。老人在上海干了几十年，听得懂上海方言，但几十年里，老人坚持着听而不说。方言是血脉里的路标，注释着另一个根深蒂固的身份，老人的固守令我心生敬意。老人已经七十九岁了，但在他那张古铜色的脸上，岁月并没有留下多少风霜，扑面而来的，只是一股凛冽的沧桑感。老人的身板依旧是直的，穿街过巷的时候，他一直步履均匀地走在我的身旁。我于是知道了那条逼仄的“一人巷”，至少已有一百年的历史，走在湿滑的青石板上，所有的时光都停了下来，恍如隔世；还知道了那间不起眼的破败的房子，竟是建于同治年间的邵家祠堂。祠堂陈色古旧，檐椽脱落，墙体漫漶，弥漫着一股腐朽的木质的气息。

尘封的伏岭古村，像一枚被时光遗落的棋子，静静地卧在伏岭的深处。在伏岭的巷子里行走，人很容易迷失方向，低矮的徽派建筑无法参照，它们大体上都是相似的。村中央匍匐着一条古老的小街，沿街懒洋洋地开着几家逼仄的百货铺子——前面是店，后面是屋，店面只是正屋延伸出来的一部分，仿佛是一种可有可无的摆设。在我漫游的两个上午，沿街的店面都没有发生过一次交易。最令我好奇的是，所有的店面都不出售香烟，也很少卖酒，基本上都是油盐酱醋、洗衣粉、肥皂，某几种我从来没有喝过的矿泉水，某几种我从来没有听说过的小吃和饮料，如此等等。初夏了，冰柜已经抬到了街上，我意外发现了儿时吃过的“老冰棍”，一块钱一根，冰冷彻骨，凉到心。

午后的小村安静极了，像一个年久失声的老人。村头的溪流也羞涩了起来，它清清浅浅地蜿蜒着，鹅卵石上偶尔蹦出一两只石虾，激起清冽的水声……这种静谧太虚幻了，像一个梦。踯躅于一个短促的十字形的巷口，初夏的阳光从檐角上漏下来，细碎的灰尘在光柱中舞蹈，我在其间，很想请章恒全先生帮我拍一张黑白照——这一刻，我是一个文艺中年，刻骨铭心地羡慕着这份陈旧、沧桑和古老。久居闹市，我深切地知道，这一份陈旧、沧桑和古老，是乡土中国最厚重的财富，但这种财富无声无息，它们被长久地轻忽甚至湮没了。

章恒全，著名摄影家，在绩溪，没有人比他更有资格当向导。那些青翠欲滴的梯田和苍山，古意盎然的村落和板桥，无数次进入章恒全先生的摄影镜头。我见过那些光与影的艺术，是写实，也是守护；是宣传，也是抢救。在胡天书先生独自支撑的胡雪岩故居，在被过度开发的太极湖村，在不再神秘的嶂山大峡谷，以及在“驴友”们纷至沓来的徽杭古道，我一次次呼吸到一种没落的文明的气息，它们不再是一本本泛黄的线装书，原初的味道正在渐次消失。当一种文明大规模侵占另一种文明的时候，作为一个土生土长的绩溪人，章恒全先生选择了拍照。他这些年所做的，其实只有一件事——记录一条河流孕育的文明，记录一种文明的消失。它们的消失是如此的彻底，像一滴水消失于河流，像一年一季的候鸟越过我们的头顶。古老的徽州，文明的徽州，这样的消失遍地都是。在湖里的一户人家，一块石碑横卧一脉清溪之上，一头连接着人家昏暗的后门，一头连接着村庄逼仄的巷道。石碑上的字迹已经无法辨认了，但石碑的成色令我惊心，它是有历史的，或许比我揣测的还要苍老。我很想请编导摄下这个镜头，但最后还是放弃了，有一种消失，我们永远也无法抢救。

后期制作的时候，我诧异于剪辑后的伏岭，它们美得像一幅幅画，光线和笑容恰到好处，留白和分割恰到好处……但我独处的那个伏岭竟然神奇地消失了，只有伏岭小学的那群孩子是真实的，教徽戏的那个老人是真实的，他们沐浴在细碎的雨里，像我亲眼目睹的那样，一曲唱罢，风生水起。

味蕾上的乡愁

炒　米

在吃货们的眼里，炒米肯定算不上美味，吃货们甚至有可能不知道何谓“炒米”。在牌楼，炒米是过年必备的食品之一，大年初一一大早，孩子们还在被窝里酣睡，餐桌上已经摆好了一碗碗香喷喷的鸡汤泡炒米。孩子们于是恋恋不舍地钻出了被窝，贪婪地吸溜着鼻尖。

对于孩子们来说，过年，不仅意味着可以换一身新衣服，还意味着可以吃到那些平时难得吃到的美味——说是美味，其实也都是很平常的食物，但物以稀为贵，味，也以稀为美。

从过年的欣喜中醒来，从暖和的被窝里醒来，鸡汤泡炒米的香气，沁人心脾。那是真正的绿色食品，油汪汪的，铺了一层，炒米浮在上面，一粒一粒的，慢慢涨成了金黄色。那是一种鲜艳欲滴的金黄色，浮在汤匙里，漂在海碗里，碗底当然少不了一根粗壮的鸡腿，或者几块鸡脯肉。在乡下，一年忙到头，一年苦到头，孩子们也就剩下这一点点念想了。再穷苦的人家，也会在过年的时候，好好满足一次孩子们的胃口。

味蕾，就这样从小时候开始生根，即便你少小离家，但味蕾始终都在那里，直到某一天，你和某一道美味在他乡劈面相逢，那一道美味，居然和儿时的某一道美味一脉相承。这时候你会惊喜地发现，儿时种下的味蕾，竟是乡愁最顽强的部分，虽然并未日思夜想，也没有刻意找寻，但舌尖始终恋恋不忘，期待着下一次相逢。

最好的大厨因此并不在奢华的酒楼，奢华的酒楼，盛产以食材为原料的工艺品。这样的工艺品虽然可以满足口腹之欲，却很难改变一个人的味蕾，也难以改变味蕾上的识别系统。正如我对于安庆炒米的钟爱，许多年了，竟没有一种炒米可以替代。每次回老家，我总要抽时间跑一趟破罡街。狭长的破罡街上散布着几家逼仄的店铺，除了烟酒百货，几乎每一家的柜台上都码着一小堆“安庆炒米”。也不知道究竟始于何时，安庆炒米已经有了简陋的包装（一只薄膜袋子，上面喷着“安庆炒米”四个大字，没有厂家，当然也没有生产日期），成了破罡街上最紧俏的商品之一——或许，南来北往的游子也和我一样，对那一碗香喷喷的鸡汤泡炒米恋恋不忘，然而，人在他乡，我们哪里还能喝到那一碗金黄的老鸡汤呢？故乡，我们是再也回不去了，同样回不去的，还有那一碗金黄的老鸡汤。

有一次，很偶然的，父亲竟在卫岗菜市场附近买到了安庆炒米。我欣喜若狂，然而，等我跑到卫岗的时候，哪里还有安庆炒米的影子呢？我几乎把卫岗菜市场翻了个底朝天，最后才确认，那个卖安庆炒米的男人，只是一个今天来明天走的没有固定摊位的小商贩。

但这个消息还是给了我一些信心，安庆炒米已经卖到了合肥，慢慢留意着，应该是能找到的。再后来，老乡们聚会，果然就传来了安庆炒米的消息：这个说，“鸡汤泡炒米”已经成了某某酒楼的一道招牌菜；那个说，安庆炒米已经有了一家代销店，如此等等。某一个黄昏，我专门找到那家代销店，一个胖胖的中年妇女呆滞地坐在代销店门口，吊着一副阔大的金耳环，肥厚的双唇，涂满鲜艳的口红。夕阳西下。张灯结彩的店内，空无一人。

我犹豫了片刻，最终还是黯然离开。安庆炒米，其实就是一个深闺里养大的小家碧玉，她既没有见过这般世面，也承受不起这份隆重。我要的，也不是这样的炒米。这样的炒米，也担不起我的乡愁。

荸　荠

在老家，荸荠不叫“荸荠”，叫“果子”。说来真是惭愧，我很迟很迟才知道“果子”的大名，也才知道这两个生僻的汉字，居然指向一种儿时常吃的零食。

小时候，果子是我们最爱的零食之一。从田里挖出来，铺在稻床上晾晒一两个日头，这时候的果子最是美味。甜、脆，嚼在嘴里凉凉的，有一种喜滋滋的美。不过果子性寒，吃多了伤胃，因此大人会将洗好的果子，放在锅里炟。炟好的果子几乎缩成了一团，像一个鸡皮鹤首的老者，皮肉之间也多了一条细微的缝隙，仿佛披着一件褐色的衣服。炟过的果子失去了生吃时的那一份甜味，味道有些像藕（果子炟过之后，糖分都滋到了水里，因此，喝果子水治腹泻，成为牌楼人的偏方之一）。炟过的果子不仅失去了充当零食的资格，连味道也大为打折。至于果子炒肉片，那是很久之后才有的“发明”，小时候，我们没有炒过果子，甚至也很少炒藕片。藕片，乡下人一直都是生吃，最奢侈的吃法，是过年的时候做“糖烧”，三四节藕段，七八块肥肉，加半勺糖，放两碗水，大火猛攻，小火慢炖。“糖烧”之所以肥而不腻，是因为藕能吸油。做米粉肉是藕的另一种奢侈的吃法，做法和“糖烧”基本相似，只不过一个是蒸，一个是烧。

完整的果子，大人会单独拣下来，挑到破罡街或贵池去卖。完整的果子卖相好，价格自然也高。到了挖果子的时节，天麻麻亮，机耕路上就传来乡亲们的咳嗽声和脚步声，一季的收成全在这时候兑现，风尘仆仆的脚步，听上去都有些兴高采烈。那时候，我还体会不到收获的快乐，只是简单地喜欢着收获季节的果子田。那是一片天然的游乐场，我和小伙伴们在其中追逐、奔跑、翻筋斗，也会趁大人不备，偷几个果子放在火里烧。烧熟的果子还是脆脆的，也比烀过的果子甜。当然我们主要是玩，又掌握不住火候，于是火烧连营，天干物燥的田野上迅速蹿起一丛丛火苗。这样的夜晚我们总会做梦，梦境里全是火，只有三娃在熊熊燃烧的大火中傻兮兮地笑——三娃，五婶家的孬子，大中午的，他居然能在果子田里昏睡，醒了就挖果子吃，在肮脏的外衣上擦擦，塞进嘴里，囫囵吞枣。吃饱了，伸个长长的懒腰，倒头接着睡。他太能睡了，仿佛从来没有睡过觉。

三娃后来莫名其妙地失去了踪迹，走失那年，他才十七岁。如今，三十多年过去，三娃依旧音讯全无，没有人知道他究竟去了哪里，就连五婶也不能确信，他是否还活在这个世界……

三月上旬，菜市上就有了三三两两的卖果子的摊子，七块五一斤。价格不便宜，自然也乏人问津。卖果子的，大多是周边三县的农民，他们眼巴巴地守着一大堆果子，或黧黑或古铜色的脸上，堆着一大片空洞的笑容。每一次遇见，我总会不由自主地停下脚步，蹲下来挑选一两斤。荸荠炒肉片，工序一点儿都不麻烦，先炒肉，将洗过的荸荠切成薄片，再和肉片一起小火翻炒三分钟。最好再放两根小葱，一盘荸荠炒肉片立即就跳脱了，像一个出浴的少妇，清新可人。

但荸荠炒肉片，依旧算不上美味，像一个乡下人的平淡而清爽的人生。也唯其平淡而清爽，才更显得妥帖而安稳。人进中年，我越来越爱做简简单单的家常菜，其实也只有简简单单的家常菜，才是饮食之本。

锅　巴

小时候，我最难忘的食品竟是那些平常的锅巴，锅是大大的铁锅，米是平常的粳米，但每回烧饭，母亲都能把平常的锅底烧得香气四溢，待饭吃完之后，再添些柴火，盖上锅盖，焖上五分钟左右，锅巴就成型了，厚厚的一层，非常耐嚼，脆生生的，有一种谷物的香气。待锅巴渐渐冷了，母亲就小心翼翼地把锅巴碾成了巴掌大小，放在一个铁桶里。我和妹妹常常前脚不离后脚地跟在母亲身后，看母亲把铁桶藏在哪里。但我们的“阴谋”一次也没有得逞，母亲总是趁我们不注意的时候，把铁桶拎进了自己的房里。

农忙的时候，烧饭极不准时，而我和妹妹都在长身体，一时半刻就饿了，待疲惫的母亲从田埂上归来，就拿我们垂涎已久的锅巴给我们充饥。那时候的锅巴已经生硬无比，也没有刚开始时那种谷物的香气，但或许是因为饿，也或许是因为平素不容易吃到，我和妹妹都把锅巴当成了正餐，三五块下肚，竟懒得去吃平素也很爱吃的青椒炒鸡蛋了。

今天想来，青椒炒鸡蛋显然比生硬的锅巴更容易入口，但在童年的那些岁月里，生硬的锅巴却是我们心心念念的美味，而我，竟将这种由来已久的偏好一直保持到了今天。每回下乡，一有机会，我总要悄悄地钻进似曾相识的厨房，甚至亲自动手铲一块大大的锅巴，在津津有味的咀嚼中，我总是一次次地回想起，那些熟悉的乡下时光。

贩鱼人，或水鬼的传说

鱼挑子太长了，贩鱼人试了三次，后面的一大筐鱼就是拐不进来。当贩鱼人抓着鱼筐上的绳索，反复调整着姿势，准备第四次上车时，公交女司机终于失去了耐心，不过她并没有绝尘而去，在关上前门的同时她又打开了后门。挑着这样一副鱼挑子，他只能从后门上车，到前门补票。同大多数时候一样，车厢里的乘客都自觉地为他让出一条通道，如果实在让不出来，大家也会帮他传递月票，传过去，再递回来。贩鱼人不安地接受着大家的好意，额头上滚着一层汗，黝黑的脸上浮着一丝卑微的笑容。偶尔，还有人主动让出自己的座位（大部分都是学生和刚刚入职的年轻人），他千恩万谢着，贴着鱼筐坐下来，一只手紧握着扁担，仿佛它随时会飞掉。

也有不许贩鱼人上车的司机，我亲眼目睹的一次，发生在盛夏的一个早晨。那个年轻的司机戴着墨镜，嚼着口香糖，青春疙瘩集结的脸上看不出表情。贩鱼人在他的注视里小心翼翼，但最后，贩鱼人还是放弃了努力，准备像往常一样走后门。就在贩鱼人挑着挑子，快步走向后门时，“墨镜”突然启动了公交车，盛夏的站台上滚过一片烟尘。这公然的欺骗让他措手不及，却又无计可施，看着绝尘而去的公交车，好半天之后，贩鱼人才从肩上缓慢地卸下了挑子。尘烟终于散去，赤日炎炎。站在他的身边，我听见他呼哧呼哧地喘着粗气，黝黑的脸被熊熊燃烧的怒火烧成了猪肝色。一串串密集的汗珠从他的脸颊上滚落。我原以为他胸腔里奔突的火山即将爆发，他会暴跳如雷，装腔作势地挥舞着扁担；或者恶毒地诅咒，喷射而出，像一梭梭呼啸的子弹；最不济也要飚几句“国骂”，以平复内心的愤懑，但最终，他既没有动粗，也没有骂娘，只是一个劲地哆嗦着嘴唇，浑身像筛糠一样……赤日炎炎，我一面不安地注视着这一切，一面翘首盼望着下一趟公交车。

好在，等车的人大多目睹了事情的经过，他们异口同声地谴责司机的言而无信，一面又安慰着义愤填膺的贩鱼人。这时候，他终于慢慢地恢复了平静，连声附和着大家的谴责，大家骂一声，他也跟着骂一声，仿佛他自己羞于开口，或者不知道该如何骂人。最后，大家的注意力都被鱼挑子吸引了过去，一头是活蹦乱跳的泥鳅和拇指粗的黄鳝，一头是半尺长的鲫鱼和草鱼。天气太热了，贩鱼人的焦虑溢于言表，他解开鱼挑子上一只大号的矿泉水瓶，粗糙的大手捏了捏，瓶盖处便射出一条亮亮的水线，鱼筐里响起“呲”的一声。泥鳅欢快地蹦跶着，鲫鱼和草鱼甩了甩尾巴，只有黄鳝，始终在鱼筐里扭动。“望着像是野生的，可是野生的？”贩鱼人微笑着点了点头，就有大爷大妈问起了价格，但贩鱼人语焉不详，继续追问，他便东张西望，心不在焉。

见的次数多了，大家也都心照不宣，也愿意帮他说几句好话，助他顺利地登上公交车。早一分钟出发就能早一分钟到达，就意味着可以早一分钟赚钱。这是贩鱼人最迫切的现实。若非如此，他大可不必如此奔忙，时时遭人冷眼，处处委曲求全。

我接触到的第一个贩鱼人名叫方新华（音，也或许是“方兴华”），但在破罡街上，大家都不叫他的本名，而是喊他“鱼老鸦”。“鱼老鸦”瘦而高，大夏天的，他也套着一身长长的水衩，在大盆与小盆之间熟练地捞鱼、称鱼、杀鱼。没有生意的时候，他就敞开水衩的上半身，闷闷不乐地坐在小马扎上。他几乎总是闷闷不乐，一副从睡梦中猛然被人叫醒的样子。“鱼老鸦”的女儿方小满，初中和我同班，上学和放学，她从来不走破罡街，她不愿意让同学们知道，她的父亲居然就是远近闻名的“鱼老鸦”。

“鱼老鸦”之所以远近闻名，原因有二。一是他身上的鱼腥味常年不散，无论走到哪儿，家猫和野猫都要围着他打转，因此人赠绰号“鱼老鸦”；二是关于他的另一则蹊跷的传闻，正是这则传闻，让胸脯刚刚涨起来的方小满恨死了自己的父亲。

那时候，白荡湖已经禁止私人渔猎，白天，耀武扬威的巡逻艇开着高音喇叭，在湖面上风驰电掣；到了晚上，养殖场里的工人沿着湖堤巡逻，他们晃着耀眼的探照灯，两人一个夜班，两道笔直的光柱，摇摇晃晃地洞穿了浓墨一样的乡村之夜。有月亮的晚上，村庄都睡了，辽阔的梦境里浮动着乳汁一样的月光。周遭都是静的，只有白荡湖上的湖水轻柔地拍打着堤岸，它们一波波银光闪闪地涌来，又一波波银光闪闪地散去。就在这令人沉醉的月光迷人的晚上，白荡湖里突然闹起了“水鬼”——水鬼是一种传说中的生物，流布甚广，在长江流域，更普遍的叫法是“水猴子”，日本人称之为“河童”。很小的时候我就听说过“水猴子”，不过在母亲的警告里，“水猴子”不叫“水猴子”，叫“水鬼”。对于顽童们来说，只要配上一个“鬼”字，威慑力就够了，再顽劣的人也不愿意碰见“鬼”。据母亲说，水鬼是一个生活在水里的孩子，和我一样还不及十岁，不过它到底是个“鬼”，因此它不仅力大无穷，而且还能像“孙猴子”一样掘地三尺，从这条河钻到另一条河……太神奇了，水鬼居然如此神通广大；更恐怖的是，水鬼竟然无处不在，我从此不敢再独自下水……另一个广为流传的说法是，有月亮的晚上，披头散发的水鬼踏浪而来，它们会将岸上的行人拽下水，然后用淤泥塞满人的耳朵、嘴和鼻腔，致其窒息而亡。传说，如果长时间拉不到人，水鬼就得翻过七十二座塘埂才可以活命……虽然没有人真见过水鬼，但在我的乡下，大家都信了这些传说，并且一代传给一代。

那正是一个月圆之夜，白荡湖边，一个“水鬼”突然浮出了水面。据两个巡逻队员事后描述，“水鬼”的皮肤闪闪发亮，它在水里张牙舞爪，发出吃吃的冷笑……“啊！水鬼——”两个巡逻队员瞬间魂飞魄散，落荒而逃。

白荡湖里有水鬼的消息从此不胫而走。养殖场虽然增加了夜间巡逻的人手，但“水鬼”依旧神出鬼没，一拨又一拨巡逻队员们依旧魂飞魄散，落荒而逃。直到一位年轻的巡逻队员一病不起，大家才揭开了白荡湖里的水鬼之谜。吓出病来的巡逻队员是“鱼老鸦”的亲侄子，由于离职者太多，这个自称“不信邪”的年轻人被招进养殖场还不到一个星期。当“鱼老鸦”套着长长的水衩，拎着两条一尺长的大草鱼，心事重重地去看卧病在床的侄子时，“不信邪”的年轻人慢慢从昏睡中睁开了眼睛。年轻人盯着“鱼老鸦”的水衩，突然从床上坐了起来，没等“鱼老鸦”开口，年轻人就叫了一声：“你个水鬼！”一屋子的人都呆住了，他们像看“水鬼”一样惊异地看着“鱼老鸦”。这出其不意的一击让“鱼老鸦”手足无措，他进退两难地站在侄子的床前，反反复复地念叨着同一句话：“你不要瞎讲！你不要瞎讲……”闻讯赶来的老父亲揪着“鱼老鸦”的头发：“你就是水鬼？”面红耳赤的“鱼老鸦”晃荡着脑袋，他既没有承认也没有否认。扛过枪、炼过钢的老人终于爆发了：“你不做人，要做鬼？”面对老父亲的怒吼，“鱼老鸦”慢慢地跪了下来……

“鱼老鸦”就是“水鬼”，“水鬼”就是“鱼老鸦”。虽然“鱼老鸦”本人并没有亲口承认，但从此之后，白荡湖里的水鬼就销声匿迹了，这样的巧合让大家愈发相信那个传闻。风平浪静的日子久了，大家也就慢慢地淡忘了这件事，或许也并未淡忘，只不过“鱼老鸦”的年纪也大了，为老者讳，大家相视一笑，彼此心照不宣。

许多年过后，当白荡湖里的“水鬼”成为一桩陈年旧事，“鱼老鸦”骨子里的湿气终于攻陷了五脏六腑，不得不常年卧床时，人到中年的方小满终于幡然醒悟。然而，此时的“鱼老鸦”已经日薄西山，他四肢变形，关节粗大，像一根根枯朽的树枝。方小满带着父亲四处求医，枞阳、安庆、合肥、南京……说尽了一轱辘一轱辘的好话。哀求无济于事。红包无济于事。太迟了，只能保守治疗，只能缓解部分病痛。我去看他，他痛苦地靠在床上，想笑，笑不出来，勉强挤出来的笑容，比哭还难看。

“这是命。”方小满轻轻地叹息了一声。

命，水鬼一样神秘的命，它果真存在于冥冥之中吗？我不知道。正如我始终不能确信和水鬼有关的那些千奇百怪的传闻。有人的地方就有水，有水的地方就有水鬼，水鬼无处不在。但又有谁能够笃定，它究竟是鬼，还是人？

接着说贩鱼。在乡下，贩鱼是件力气活，脏，而且苦；在城里，贩鱼的大多是二道贩子，像这种肩挑背扛的贩鱼人，低成本经营，大约只能维持最基本的生计。当西风吹黄了梧叶，古庐州短暂的秋天即将来临时，我忽然在移动电视上看到一条令我错愕的消息。是的，我没有看错，深夜的塘埂上灯光如昼，那个木讷而腼腆的贩鱼人，被一伙人推推搡搡着，反剪着双手。他一声不吭，眼里满是哀求。

谁能想到呢？他，居然是个惯偷！当他像往常一样潜入那片鱼塘，准备收网时，守候多日的养殖户们终于联手将他逮了个正着。他们的愤怒溢于言表，咬牙切齿，想打，又不敢公然施暴。不远处，幽蓝色的警灯呜呜，在夜空中一刻不停地闪烁。

车厢里人声嘈杂，乘客们无动于衷，对他们来说，那个耷拉着脑袋的可恶的惯偷，只是一个罪有应得的犯罪嫌疑人。只有我，内心纠结，五味杂陈，久久无法平静。

就在这天傍晚，方小满给我发来一条短信：家父驾鹤西归。你若有空，请帮我写一篇祭文。

我犹疑了半夜，终于没有答应。

辑二／光阴在破碎中发出声响

暖暖远人村

天黑了下来，一团团乌云在山脊上翻滚。凉飕飕的秋风扑进阴翳的山谷，裹挟着氤氲的雨意。我不止一次经历过皖南山区的秋雨，铺天盖地，像一个吹口哨的少年，来得急，去得也快，一盏茶的工夫，便从这座山头赶到另一座山头。山头与山头之间的逼仄盆地，星散着一座座人迹罕至的古村落。20世纪90年代，我经常一个人，徒步探访那些古村落，但这一次，我几乎没有准备，甚至没有带一把伞。前不着村后不着店的，是继续进山，还是趁早回头呢？进退维谷间，只见一辆拖拉机冒着黑烟，“突突突”，一蹦一跳地，朝我开了过来，一个五十岁左右的老乡握着方向盘，猛然间看见我，一脸狐疑。我喜出望外，急忙迎上前，老乡警惕地盯着我，直到确信我并无恶意，才跳下拖拉机，露出一口白牙，不相信地说：“你一个人啊？胆子不小哦。山里面还是山，一点儿都不好耍……”我递过去一根烟说：“山里面还是山，你这话很有禅意啊！”他接过烟，将过滤嘴在大拇指的指甲上用力戳了戳，麻利地点上火，饱吸一大口，笑容舒展开来，眼角的皱褶像一把打开的折扇：“快下雨了。山路不好走，后面也颠得很喔……”

这是愿意带我了，我感激地握着老乡，纵身跃上拖拉机。“突突突”，拖拉机又蹦蹦跳跳了起来，像一只钢铁铸成的袋鼠。崎岖的山路年久失修，裸露着一块块大大小小的石头，像一条干涸的灰白色的河床，铺陈于山谷，蜿蜒于山腰。拖拉机的箱体已经颠坏了，底板上的铁皮山路一样凹凸，纵横交错着五六道手指粗的裂缝。我小心翼翼地坐在箱体边沿，一面张望着绵延不绝的山路，一面心不在焉地和老乡攀谈。“我姓程，程咬金的程。坳里都姓程，他们都叫我大老程。”大老程算是土著了，自祖父那一辈起就住在这片山坳里，几代人了，一直没有搬下山去。这些年，年轻人陆陆续续搬走了，大老程的两个儿子也在五十里外的集镇上置了房子，老大开了一爿早点铺，老小修摩托、卖百货，日子过得很红火。两个儿子家里都好住，但他不愿意下山，夫妇俩就守着一幢空荡荡的老房子，种着两亩薄田，和年久失修的老房子一起，和大山深处鬼火一样明灭的煤油灯一起，慢慢衰老。“年轻人有年轻人的活法，我们不干涉。人啊，也就几十年好活，怎么活，魂都不能丢。我讲你懂啵……”我自然是懂的，却不好接话，横亘在我们之间的，不止是代沟。“山里，苦吧？”我原本想说“寂寞”，但话到嘴边，又咽了回去。他沉默了片刻，嗓门忽然大起来：“苦什么？不苦的。住习惯了，哪里都一样。楼房我住不稳，人风飘飘的。我不讲假话……”

大老程很健谈，也或许，他是在山里住久了，没有人交流，而我，恰好是一个合适的听众而已。山里不缺米，不缺柴，也不缺素菜，缺日用品。因此每隔十天半个月，他总要下一次山，帮邻居们办采购，顺便去看看两个儿子。我俯身看去，箱体里果然四散着一堆五颜六色的塑料桶和塑料袋，塑料袋里分类装着一些零散的物件，香烟、肥皂、食盐、红糖、牙刷和牙膏，等等；几个大塑料桶里，分别装着菜籽油、老陈醋和高粱酒。

“坐好咯！”话音刚落，峰回路转，拖拉机甩了一个很大的急弯，天地间豁然开朗，层层叠叠的群山迎面扑来。短暂的欣喜之后，我惊愕不已，身侧竟是几丈深的悬崖，拖拉机走的已经不是什么山路了，而是山腰上的一条白练。大自然的鬼斧劈掉了半边山坳，残存的山路挂在绝壁上，像一个不服输的人，和风雨对抗，和时间赛跑。在大自然的怀抱里，生命越卑微，意志越顽强。我提心吊胆地盯着大老程，双手抓紧拖拉机，狂乱的心脏敲起激越的鼓点。

拖拉机慢了下来。空山无人，左边依旧是悬崖，右边依旧是峭壁。稀稀疏疏的竹栏杆形同虚设，大部分已经断掉了。大约四十分钟过去（或许没有那么长），一言不发的大老程忽然停下拖拉机，贴着峭壁蹲下来，从屁股后面的口袋里掏出两根压瘪了的香烟。他看出我的胆怯，一边点烟一边憨笑，说：“我开好几年了，摸黑都开过。你坐稳就是了，没事的。”我已经说不出话来，手脚僵硬，后背透湿，只好小心翼翼地，扶着峭壁，慢慢挪下拖拉机。扶住峭壁我才发现，峭壁上怒放着一丛丛蛋黄色的、乳白色的野菊花，香气清冽。我贪婪地饱吸着山泉般清冽的香气，顿时心旷神怡。大老程停车的地方无遮无挡，周遭一览无遗，纵目望去，一座座白墙黛瓦的老房子，散落在对面的山坳里，绿树扶摇，炊烟缥缈；远处的山峦跌宕起伏，如一匹脱缰的奔向远方的野马。

远方究竟有多远？我不知道。我一次次远足，大地永无尽头。

天忽然亮了几分，一抬头，穹顶露出一个豁口，圆圆的，像一口古井。豆大的雨点劈面砸下来，周遭漫起一股土腥气。大老程立即扔掉烟头，“突突突”，拖拉机向对面的山坳盘旋而去。

雨，密密集集地下着，我俩无遮无挡，浑身上下很快就湿透了。那一段开了多久呢？我没有印象了，寒意占了上风，也仿佛没有了恐惧。等我感觉拖拉机差不多快要散架时，大老程说，到了。

是一幢外墙斑驳的徽派老建筑，左右两扇花窗都是精微的木雕，上下嵌着两大块砖雕。地基很高，拾级而上，门槛石两边遍布青苔，檐下的雨帘后面，站着一个惶惑的中年妇女，青铜色的脸上浮着一抹恬静的浅笑，像一枚陈年的核桃。大老程走在前面，说着方言，妇女没有接话，只是看了我一眼，又垂下眼帘，朝我弯了弯腰。

七八个乡亲围了上来，有人穿着雨靴，有人拖着凉鞋，还有人踩着我幼年时踏过的木屐。令我讶异的是，乡亲们的脸上都挂着宠辱不惊的笑容，那种从容与淡定，此后我再也没有遇见过。

皖南山区的天，黑得很快，大老程将我安顿在小儿子住过的偏房里，并再三嘱咐我晚上不要出门。七点钟过后，夫妇俩就睡了，我站在窗前，隐约可见灰白色的山路从雨雾里浮出来，像系在草绿色的裙裾上的一条窄腰带。雨下了半宿，除了雨声，周遭太静了，最后，连雨声都是静的，一滴、两滴、三滴……我恍如置身一口大池塘，一声雨声过后，水面上荡起一圈涟漪。一声雨声，又一声雨声，雨声和雨声之间，是长夜般深邃的岑寂。这悠远的雨声让我心神恍惚，我感觉自己成了一枚草叶，飘然入梦。

雨声什么时候住了，耳畔响着此起彼伏的雄鸡报晓声。我半寐半醒地躺在床上，不见天光，屋顶上的亮瓦还是暗的。夫妇俩已经起来了，房间有了烟火的气息，洗漱声、咳嗽声、拾掇柴火的声音，以及柴火的突然炸裂声。我躺在床上，仿佛回到了童年。童年那些与世无争的早晨太安逸了，外面的世界，忙碌在我的世界外面。

赖到不得不起床的时候，天已经晴了。绿叶清亮，烟岚在山巅盘绕。

大老程拎了根棍子，陪我在村子里转悠，说是村子，其实就是一条鹅卵石铺成的小路，蜿蜒着，串起十一栋老房子。路边，一条清澈见底的小溪潺潺流过，卵石中间，还蹦达着几只近乎透明的石虾子。小溪的源头在半山腰，泉水汩汩汩，从岩石缝里蹿出来，形成一条瀑布似的山涧。“水很甜。夏天透心凉，就是冰水。”大老程年轻时上去过，如今已经没有办法上山了。路是什么时候消失的呢？没有人知道，路是在枫香、麻栎、油松、朴树、栗树、黄檀、荆棘和山石间消失的。如今，大家也不敢贸然进山，山里毒蛇多，五步蛇，断尾蝮（大老程叫“土球子”），也有竹叶青和眼镜蛇。打大老程记事起，至少有八个砍柴人被蛇咬死了，他父亲是其中之一——人还没下山神智就昏迷了，揪着草皮抽搐，被蛇咬伤的手指肿成了茄子，伤口周围隆起一个黄豆大的血泡。两个小时不到，人就走了……那个盛夏的午后是大老程最痛心的记忆，二十年后重提，他依旧红着眼圈，摇头叹息。

菊花。栀子花。梨树。桃树。垂丝海棠。木芙蓉。花团锦簇。一蓬蓬蔷薇热热闹闹地翻过墙头，一团墨绿，浓得化不开。仔细看，山墙上还蹲着一只鸡，懒洋洋的，左顾右盼。一条黑狗卧在墙脚，大吼一声，突然弹起来，看到大老程，又箭一样射过去。家家户户门前都有木槿，一人多高，像整装待发的士兵。家家户户地基都很高，大门洞开，大老程朝屋里打着招呼，一路散着“红塔山”烟。皖南山区的方言太难懂了，他们之间的交谈语速很快，像枝头叽叽喳喳的鸟语。我再次看到那些素净的笑容，从黑黝黝的户牖里，皮影一样闪出来。

有老人，刚起床的样子，面目模糊，裸着上半身；也有乱蓬蓬的妇女，跑出来，接过烟，却不看大老程，旋即转身离去。

每下一次山，大老程都能揣回一两包软盒装的“红塔山”烟，当时这是好烟了，一包七块钱。“儿子给的，他们都抽这个烟。抽这么好干吗？钱也不是那么好赚的……”我没有接话，他的口气听上去像是炫耀，又像是埋怨。

小路尽头的山坡上是一片低矮的茶园，茶园四周，围着一大片茂盛的向日葵。阳光从对面的山脊上瀑布一样泻过来，葵林一片金黄，亮得耀眼。没有风，从林深处不时爆出一两声鸟鸣，山坳里，回声清越。时间仿佛停滞了，大山岑寂，静得能听到草叶的呼吸，能听到流云拂过树梢。我出神地看着洗刷一新的白墙黛瓦，屋顶上炊烟飘拂，像一条条透明的纱带。

午饭过后，大老程开着拖拉机送我出山。青山如洗，鸟鸣深涧。坐在箱体后面，绝壁上的山路仿佛开阔、平坦了许多，山坳里的小村渐渐远了，终于又消失在绿荫深处。快下山时，大老程忽然亮起嗓子唱起了山歌，悠然自得的旋律回荡在空山，如万壑松涛，排空而来。我不知道大老程彼时的心境，在我，是像迷恋童年一样迷恋那种静谧，是突然想留下来做一个山民，在山坳里盖一间小房子，种一亩水稻，栽一亩棉花，再辟一片茶园、开几垄菜地……这简单的愿望又是多么奢侈啊！

有些地方，我们一辈子只有可能去一次。那座人迹罕至的小山村，我竟没能记住它的名字。也或许，它原本就没有自己的名字。

楼道里的灵魂

我一直没有见过那个老人，他确切的年纪、外貌，以及健康状况，对我都是一个谜。然而，老人就住在我家对面，在一年多的时间里，他竟然没有出过一次门。他的空间，是一所华丽的囚室，喑哑的时光深处，拘禁着一粒尘埃似的灵魂。每次晚归，正对楼道的卫生间总亮着雪亮的灯，晨起的时候，卫生间里的灯依旧是亮的。据说，房子落在孙子名下，虽然孙子很少回来，但空荡荡的三居室，只有卫生间能供老人栖身。这让我非常诧异，即便没有一间单独的卧室，老人也应该栖身于客厅——卫生间只有九个平方，我无法想象，逼仄、潮湿而阴暗的卫生间，如何能安放一段残年？

某个休息日，我第一次见到老人的孙子。从猫眼里看过去，楼道里站着物业公司的一名保安，还有两名衣帽整齐的民警。我将信将疑地打开防盗门，保安解释说，他无意中看见老人拍打着窗户，他观察了很久，终于认定老人是以这种方式在向自己求救，但现在，门从外面反锁了，如果能联系到老人的孙子，或许不需要强行破门。物业公司居然没有业主的联系方式，我当然更没有。几个人于是站在楼道里，商量着如何打开反锁的防盗门。最后，保安拎来了一把切割机，又从我家拖出一根长长的电线，切割机的轰鸣声很快就响彻在楼道里。这时候，老人的叫喊声从切割机的轰鸣声里冲决而出，他一面喊着一个陌生的名字，一个拍打着防盗门。爷爷奶奶们都出来了，还有几个居家的男人和女人，爷爷和奶奶大多面容哀戚，叹息之声不绝于耳，男人和女人则爆发出一片嘈杂的谴责声。我靠在门框上，心不在焉地刷着微博，犹豫着要不要发一则“寻人启事”——微博里的“中国”就在这一刻的楼道里，初夏的骄阳，缓慢地爬上坚硬的防盗门。

保安和民警轮流切割着门框，半个小时过去了，进度极其缓慢，营救小组被迫放弃了这套方案。一个胖胖的民警示意大家安静，他凶狠地踹了一脚防盗门，烦躁不安地点燃一支烟：“你们谁有办法联系上这家人？”一阵短暂的沉默之后，住在五楼的一位老人终于忍不住了，她指着保安的鼻子问：“你们是怎么管的？连个号码都不留？！”大汗淋漓的保安自知理亏，他摆弄着手里的切割机：“我只是干事的……”“干事？”另外一位老人突然挥起了手臂，“你们就知道收钱，干事？干个屁事！”人群中爆出一阵大笑，面红耳赤的保安索性也点起一支烟，摆出一副死猪不怕开水烫的样子。两个出警的民警终于不耐烦了，他们低声嘀咕了两句，那个胖胖的民警拿出一张纸（应该是出警记录），示意保安在某个位置上签字。“我不能签，”保安弹着烟灰，环顾左右，“我只是干事的……”

就在双方相持不下、民警骂骂咧咧的时候，屋里的老人开始呻吟，偶尔还传出某种类似于撞击的声音。大家的心再次悬了起来，没人知道屋里的老人究竟怎么了，也没人知道他为什么要求救，他以这样的方式求救了多久……大家的议论让我无比羞愧，在此之前，老人应该发出过很多次类似的求救，然而作为老人的邻居，我居然一次也没有发现。有限的休息日，我总是深居简出，和左邻右舍几乎没有任何交集。如果老人遭遇不测，我这个冷漠的邻居，其实也是凶手之一。这样想着，我终于打消了微博寻人的念头，一个陌生的邻居——没有姓名、没有单位、没有年龄、没有外貌，几率太渺茫了——这不是在救人，而是在自救。

突然出现的状况，让民警不得不继续营救。切割机再次轰鸣了起来，为了安抚老人的情绪，胖胖的民警对着门里大喊：“老人家，你是饿了？还是病了啊？老人家……”切割机停了下来，大家都在侧耳倾听，然而，屋里只有一阵阵间歇的呻吟。我不知道这场营救还将持续多久，一些老人开始回家做饭，另外一群人似乎无所事事，他们一直蹲在楼道里，默默地玩手机，大声地吐出一口口浓痰。我焦虑地看着两米之外的防盗门，一根细细的白色的电线像一条白蛇，从我家的客厅逶迤而出。科技改变生活，科技也改变着人和人之间的微妙关系。感谢这根电线，让我能够心安理得地观察着一切。

就在我沉思默想的当口，楼道里忽然闪出一个瘦削的年轻人。他二十出头年纪，栗色的头发一根根的，像一把蜷曲的生锈的铁丝。他空洞地瞟着拥挤的楼道，陌生的邻居，忙碌的保安，刃口已经翻卷起来的切割机。年轻人骂骂咧咧着，向保安冲了过去，胖胖的民警挡住了年轻人的去路。年轻人迎着他的逼视，甚至指着民警的鼻子：“你们这是私闯民宅，我要投诉……”“开门！”胖胖的民警猛然揪住年轻人的衣领，“开门！！”年轻人挣扎了一下，不情愿地掏出了钥匙。

防盗门被打开的瞬间，年轻人突然怒吼了一声：“你怎么还不死啊！”紧接着，一道栗色的闪电，飞快地消失于楼道转角处。他的来去过于迅疾，我甚至没有看清那张年轻的脸。没有人追问年轻人的去向，一群好奇的邻居跟在民警的身后，他们叽叽喳喳着，涌进那扇洞开的大门。

我飞快地收起了电线，关上了防盗门。我不忍挤进去围观，对于一个被囚禁的老人来说，一次侥幸成功的营救，根本解决不了任何问题。

很久之后我才听说，老人是饿久了，而家里，没有一粒米。

半年之后的一个黄昏，殡仪馆拉走了老人的遗体。那个黄昏过于平常，没有低回的哀乐，没有默哀的花圈，这个怕黑的老人，在又一个黑夜来临的时候，独自离开了人间。那个生离死别的时刻，我依旧没有见到老人的孙子，防盗门上依旧贴着大红的春联。对于孙子来说，这样的离别或许算得上一件喜事，他没有理由呼天抢地，更没有理由额外地浪费一笔钱财，为了一个早该赴死的寄居者。

人进中年，这是我所见过的最凄凉的丧事，每一次想起，我总是浑身发冷，心底泛起一丝丝寒意。晚归的时候，正对楼道的卫生间时常一片漆黑，老人的那盏灯终于熄了，同时熄灭的，应该还有一个老人对生命的最后的贪念。在半年多的时间里，老人似乎再也没有求救过，也或许是求过了，但无人在意。坚硬的防盗门是一道天堑，大家既无心也无权逾越。我依旧深居简出，邻居们也在忙着自己的私事，在生存压力日渐增大的城市里挣扎，谁都无力关注一个邻居的健康和生死。然而，老人的气息始终在着，他获释的灵魂，徘徊在时而明亮时而漆黑的楼道里。

某个沉醉的夜晚，我趔趄着，老人伸出一只枯手，站在台阶上拉了我一把！我浑身上下打了个激灵，昏沉沉的大脑一下子醒了。三楼的台阶上只有我一个人，楼道里的白炽灯有气无力，仿佛已经亮过了一生……我确信，老人顶着一头蓬乱的白发，穿着一件颜色模糊的夹克式外套。但那只枯手太过冰凉彻骨，像一支刚从冰柜里拿出来的雪糕。我听见自己狂乱的心跳，一万匹野马在心房里狂飙。我一面从包里慌乱地掏钥匙，一面大声地咳嗽。王乐还没有睡，她就站在玄关边上，看着我浑身发抖。前后不到两分钟，我的内衣已经湿透了，当我躺倒在沙发上，语无伦次地说出楼道里的遭遇时，王乐疑惑地摸了摸我的额头。然而，潮湿的内衣不会说谎，那时候，已是深秋。

作为一个唯物主义者，我很长时间无法解释这一点。但我坚信，那个瘦削的年轻人应该有过更为恐怖的遇见，他在某一个晚归的时刻，应该劈面撞见过怒目圆睁的爷爷。老人过世之后，年轻人似乎再也没有回来过，门把手上的灰尘都老了——那套空荡荡的三居室，是他一生的噩梦。奇怪的是，他一直没有卖掉那套房子，也没有出租，或许，他是想以这种方式，长久地留住爷爷的灵魂。

在生命的最后时刻，老人恨过自己的孙子吗？我不知道。但我想，老人肯定是恨过的，恨，却无能为力，这是人生最大的伤悲。

愿老人在天堂里安息。但愿，老人已经在天堂里安息。

公交车上的父亲

母亲过世之后，父亲还住在那间屋子里。三年了，母亲的气息一直还在，简陋的炊具，素洁的被褥，偶尔跳闸的电饭煲，只能收到五六个频道的电视机。父亲还专门洗了两张母亲的照片，用镜框裱好了，放在餐桌的正中间。照片上的母亲，笑眯眯地看着日渐衰老的父亲，看着偶尔来探望的我们，看着屋子里熟悉的一切。

更多的时候，父亲只是一个人，陪着他的，只有照片上的母亲。母亲陪着他看报，陪着他做饭和洗衣，也陪着他看某部风靡荧屏的后宫大戏，甚至陪着他上了一趟九华山，玩了一趟澳门和香港——父亲把母亲的照片靠在石凳上，母亲的身后，是著名的维多利亚港，对岸高耸的楼宇闪着炫目的光——这是父亲一生唯一的一幅摄影作品，父亲不懂得光与影的艺术，但照片中的母亲微笑着，阳光洒在脸上，安详而安定。我们都不知道，旅游的父亲居然还带着母亲的照片，父亲不愿意解释自己的举动，也不愿意让我们继续研究那张照片。在日薄西山的晚年岁月里，空巢的父亲越来越习惯于沉默，他的沉默，像一小片越来越深的黑夜。日子久了，我终于发现，父亲是用自己的沉默，遮蔽自己虚弱的内心，他既不愿意谈生，也不愿意说死。母亲的离去让他渐渐接受了一个残酷的事实，长江后浪推前浪，他置身的这个世界，终究会留给我们这一代人。他甚至悄悄地准备起自己的后事，给自己拍遗像（为此他还重重地摔过一次），给自己选吉地（和母亲毗邻，他郑重地交代给了堂哥习胜），主动帮我们联络上多年未曾走动过的亲戚，最远的一房堂哥，我只在小时候见过一次……为了做一次“大清明”（江氏后裔集体祭祀），他还东奔西走，集资修葺了爷爷的坟墓，为过世七十年的奶奶立了一块碑，上面密密麻麻地刻满了几代人的名字——这是父亲的一种无声的警示——墓碑上的这些人，你们是同宗共祖的血脉至亲，不能老死不相往来啊……集体祭祀的时候，每到一处，父亲总要大声宣讲，这是你们的第几代祖宗。为了这场祭祀，父亲整整奔走了两个多月，他以七十七岁的高龄，独自翻山越岭，访到了江氏世祖的三座坟茔。然而，父亲的良苦用心却收效甚微，祭扫过后，亲人们就散到了天南海北，有的亲戚，我甚至叫不出他们的名字和辈分。我们也没有互换电话号码的意愿，父亲那一代人的宗族观念，早已荡然无存。有的亲戚，祭过之后就火急火燎地走了，他们之所以还愿意大老远地跑来给祖宗磕一个头，实在是不忍拂逆父亲的面子。

父亲心如明镜，却又无计可施，他清楚地知道，我们都没有“背景”，需要靠自己的双手在异乡苦苦打拼。在偶尔一次的探望里，他总是命令我们多吃菜，命令我们再喝一碗骨头汤，有限的交流，也总局限于小村牌楼——和林家的女儿考上了安徽财经大学；宝玉家的小龙正月初八结婚；某某又生了一个儿子，八斤多重；小马还在牌楼，过完正月，还要去新加坡打工……如此等等。说起这些的时候，父亲总是眉飞色舞，而对于我们来说，他们已是熟悉的陌生人——在岁月的深处，邻居们的面目异常模糊，有些远走他乡的村民，我已经忘记了他们的姓名。然而除了这些，我们和父亲又无话可说，母亲是个敏感的话题，我们谁也不愿意轻易提起。父亲虽然关心着我们的工作，但他的希望过于深长，既要我们好好工作，还要我们天天向上，以至于我们都学会了报喜不报忧。有时候，我们几个也会互相吐槽各自的工作，父亲总是默默地听着，偶尔爆出一两粒压抑的咳嗽。他原本是想插话的（当然是批评），但最后还是忍住了，装着若无其事地吃菜、喝酒、旁听，偶尔抬头，意味深长地瞟一眼正在吐槽的我们。这个固执的老人，暴躁了一辈子，母亲过世之后才渐渐平和了下来。无可抗拒的自然规律终于让他明白，浮生若梦，在大地上我们只过一生。

我们每次去，都是因为不放心。他年迈的心脏像一颗炸弹，我们谁也无法预知何时爆炸。然而，他从不主动提及自己的身体，每一次询问，他总是说“还好”。但那显然并非真的“还好”，在母亲过世之后的三年里，他一下子老去了十年，牙齿脱落，食欲下降，行动迟缓，步履蹒跚。他原是个急性子，但现如今，他做什么都要慢半拍。孤单的晚年生活裹挟着岁月的重量，让他在一个人的光阴里，加速衰老。有一段时间，犯病的父亲不敢关门睡觉，也不敢关灯，他把手机放在枕头旁边，一遍遍地预演着拨打“120”，我、二哥和老大的电话号码他居然全都背了下来，他是怕自己突然糊涂了，什么都记不住，什么都看不清……然而这一切，他当时竟然都没有说，他默默地沦陷在一个人的迟暮里，和疾病对抗，和时光赛跑。

有一次，我带他去大圩吃土菜。饭桌上，我一面陪他聊天，一面陪他喝农家自酿的烧酒，一切原本都是好好的，忽然间他哽咽着冒出一句话："空巢老人真是可怜啊，我怕……"我诧异地看着他，立即明白了他为什么会"怕"。那段时间，六七个空巢老人在孤独中黯然离世，有些老人的遗体已经高度腐烂，还有些老人不堪病痛和孤独的折磨，决绝地结束了自己的余生。媒体的热炒是一种冷暴力，看似为民请命，实则放大了某种负面效应。在残酷的现实面前，我找不出合适的语言来安慰自己的父亲，他既不愿意和我们同住，也不愿意主动给我们打电话。在父亲看来，儿女们都忙，老人不能再给儿女们额外地增加负担。

母亲在世的时候，父亲经常嚷着要回牌楼，母亲过世之后，他反倒守着那间空荡荡的房子，在儿女们的城市里寄居了下来。他其实并不习惯城里的生活，上趟厕所都要一块钱，凭什么？在渐趋平和的暮年，父亲终于停止了对城市生活的责难，更重要的原因可能还在于，物质化的城市生活，毕竟拉近了他和儿女们之间的心理距离。儿女们就奋斗在这座城市，他享受着这座城市，事实上也是在享受儿女们的生活和工作。

于是，他学会了一个人散步。每天清晨，他会慢慢地走到卫岗菜市场（顺便买一条鱼，白菜，白萝卜，如此等等），穿过中国科技大学东校区（周边居民的晨练场），再从桐城南路走回家。早饭之后的时光过于漫长，天气凉爽的时候，父亲会走到公交车站，爬上任意一辆公交车，在熙熙攘攘的大街上慢慢晃荡。父亲由此成了公交车上的常客，好几路公交车司机都认得他。发展到后来，没有老年证的父亲也能享受到本土老人免费乘车的待遇，司机们都知道，这个满头华发的老人根本没有目的地，他想要的，只是公交车上的那一份喧闹和嘈杂。

那个阴雨连绵的上午，我挤上一辆开往单位方向的公交车，车厢里几乎无法转身，前后左右都是人。三站过后我终于抓到了一只扶手，腾挪的瞬间，我忽然看到了父亲！他就坐在我身边的位置上，一只手抓着前排的座椅靠背，另一只手握着手机。他的头发已经全白了，稀稀落落间，散布着银屑似的头皮。嘈杂的车厢里，父亲显得异常安静，他全神贯注地望着窗外，间或抬手擦一擦水汽氤氲的窗玻璃。公交车又开过了三站，单位就要到了，父亲依旧在专注地看着窗外，我吃力地挪到车门旁边。细雨中的城市像一位老者，满目都是阴郁的沧桑。我一边在雨里疾走，一边拨通了父亲的电话。我听见父亲说："我在煮糯米饭，你中午过来吧。"我哽咽着答应了一声，却不忍戳穿他的谎话……

写到这里的时候，我仿佛又看见了公交车上的父亲——卷曲的白发，银灰色的旧外套，枯瘦的双手爬满一万道皱褶。在时光深处，父亲已经老了，他挣扎在孤单的暮年里，脆弱的心脏，搏击着生命的苦难，光阴的寒凉。父亲的暮年，让我一次次想起老家门前的白荡湖，千帆过尽，波澜不惊，夕阳撒下万道金光。在时代的洪流中，湖边的村庄成了一座座空荡荡的巢穴，那些和父亲一样孤单的老人蹒跚在空荡荡的巢穴里，守望着花开花落，春去秋来，守护着儿女们依靠外出务工盖起来的楼房。他们是大地上的另外一群寄居者，依偎着凉薄的土地和更为凉薄的亲情。许多风烛残年的老人在冰冷的守护中黯然离世，还有些老人疾病缠身却无钱医治，生，已不如死……他们被这个时代长久地忽略了——没有职业，没有档案，没有医保，更没有退休工资，有的只是几亩薄田。不！就连那几亩薄田也从来没有属于过他们！没有人抗争过这不公的命运，为了生活，为了生存，为了儿女，老人们习惯了逆来顺受，甘心沦为牺牲品。

和这群寄居者比起来，父亲是幸运的，那个寄居在卫生间里的老人也是幸运的。父亲的精神寄托是在身边出没的儿女，而那个寄居在卫生间里的老人，也有一个为他送终的孙子。在这个金钱至上、物欲横流、人伦观念普遍缺失的年代，养儿其实已经不能防老了，勉强还可以送终，老人们还能够享受身后的哀荣。是啊，表面上我们都在忙着——忙着工作、忙着生活、忙着挣钱、忙着应酬，在惯性的忙碌里，我们成了一只只高速旋转的陀螺。在高速旋转的城市生活里，我们渐渐忘却了自己的来路，也渐渐疏离了白发苍苍的孤孤单单的父母。我不知道在荒凉的大地深处，有多少寂寥的空巢老人，在默默地牵挂着远走他乡的儿女？我同样不知道，在光怪陆离的城市生活里，还有多少孤苦无依的寄居者，在恶毒地诅咒着命运的苍凉和亲情的冷漠？

而黑夜终将来临，这是我们每个人都无法逃脱的命运——我仿佛看见自己的晚年，一路繁霜，一路踉跄，呜咽着无边的寂寞与悲伤。

天气晚来秋

总是在夜里，迷迷糊糊间，耳畔漾起爆炒蚕豆一样的雨声，由远及近，仿佛若有风。灼烫的凉席浸满了我们的汗渍，后背粘在席子上，猛然起身，皮肤几乎要揭下来，嗞嗞啦啦的，如裂帛之音。窗外，站着两棵枝繁叶茂的梧桐树，雨水如一万只小手，轮番拍打着梧叶，“沙沙沙，沙沙沙”，疏一阵，密一阵。挣扎在梦境的边缘，我仿佛看见梧叶在风雨中翻卷的样子，叶子们已经习惯了荣枯，像乡下那些饱经沧桑的老人，不卑不亢地承接着人生的风雨。重新沉入梦境时，潮水一样的雨意在床头浮荡，燠热，从雨声里慢慢消散了。

夏秋之交的雨，短促而热烈，猝不及防地潜入墨汁一样幽深的暗夜。季节，这趟跋山涉水的列车，终于裹着一阵凉风，驶进了秋天的第一站。清晨起床，枝头湿漉漉的，雨水刷过的梧叶青翠欲滴，像初生婴儿新洗的脸。一两片梧叶躺在水洼里，枯黄的叶边微微翻卷，中间卧着一汪清亮的水。梧叶截留的雨水像大地圣洁的使者，它们远道而来，向农民兄弟传递丰收的音讯。农谚说：“立秋雨淋淋，遍地是黄金。”卧床听雨的农民兄弟嘘出一口长气，他们撂下疲累的蒲扇，在一阵疏一阵密的雨声里酣然睡去。

只有旺财叔始终睡不着，他是牌楼第一个听见雨声的人。在牌楼，旺财叔比谁都盼着立秋，比谁都盼着立秋后的第一场雨。节气一过处暑，他就天天抱着收音机，准时收听天气预报。在旺财叔的眼里，这场雨既是寒暑易节的标识，也是上苍赐给他的天露。那些雨后的清晨，当我们拎着镰刀下地收割时，总能撞见一头白发的旺财叔，端着一只粗粝的蓝边碗，喜滋滋地，将叶子上的雨水，小心翼翼地倒进碗里，倒完了，还要把叶子贴在碗边，一点一滴，沥得干干净净……“么事哉，旺财叔？”旺财聚精会神地盯着叶子，头也不抬：“收天露哦，给顺子喝。”说到顺子，大家就默然了，心有戚戚。旺财三代单传，为了顺子这根独苗，旺财耗尽了心血，五十岁不到，头发就白了，远远望去，像一蓬芦花。

“顺子哎！大大回家咯……”每次刮够了一碗，旺财叔总要自言自语，满心欢喜地朝家里走去。顺子对花粉过敏，偏偏又生在依山傍水、花团锦簇的牌楼，泡桐花开过油菜花开，油菜花开过槐花开，每一个花期，顺子都要喘半个月，“呼哧，呼哧，呼哧”，喉咙里扯着一只风箱。十几年下来，各种各样的药顺子吃了几箩筐，终究无济于事，春秋两季，依旧生不如死。大家都劝旺财，命，那是天定的，谁也斗不过，得认……旺财涕泪纵横，一个劲地点头，一转身，却又不肯认这个命。一过立秋，旺财就四处收集树叶上的雨水，用一个铁皮桶子储起来，熬蒲公英，给顺子喝。这道偏方完全是旺财自己的发明，根本没有经过时间的检验。好在顺子从不拂逆父亲的好意，在饱受折磨的日子里，顺子试过不知其数的偏方，有的外敷，有的内服，有的兼而有之。有一次，顺子喝过偏方脸就变了色，呼吸急促，浑身乌紫。日头滑入巢山的时候，破罡街上的唐医生来了，他搭了搭脉搏，听了听心跳，一句话没说，拎起药箱就走了。掌灯时分，“仙姑”来了，她撑开顺子闭合的眼睑，又摸了摸天灵盖，默默地摇了摇头……这几乎宣判了顺子的死刑，但旺财叔依旧不肯认命，他把顺子捂在被窝里，寸步不离地守着，一刻不停地喊：“顺子哎，醒醒啊！”“乖儿子，你别走啊……”第二天中午，奇迹出现了，顺子大汗淋漓，像从水里捞上来的一样，头发窠里蒸腾着一股股热气……“呵呵，呵呵”，旺财叔先是站在床边一个劲地傻笑，接着便伏地跪拜，嚎啕痛哭了起来……大难不死的顺子似乎自带排毒功能，他毫不犹豫地端起茶缸，一饮而尽，抹着嘴，不动声色地说：“这个味道好淡……”仿佛在说一件和自己无关的事。

一年又一年，旺财叔锲而不舍地收集着天露，只要他端着蓝边碗，牌楼的大人和孩子就知道，又到立秋了。花开花谢。草荣草枯。田畴里，稻子熟了一茬又一茬。在岁月流逝与四季更迭里，常年抱着“药罐子”的顺子已经成年。神奇的是，成年之后的顺子居然不喘了，谁也不知道他是什么时候开始不喘的，大家只是惊异地发现，足不出户的顺子破天荒地牵着黑水牯，跟在旺财的身后，走过一道又一道田埂，层层叠叠的油菜花地。白白净净的顺子腼腆地穿过漫游的花粉，田埂上滚过一道道闪电。

旺财一言不发。顺子一言不发。田畴里，翔集着一万只忙碌的蜜蜂。

顺子痊愈后不久，旺财叔就老了，像一座破败的茅屋，忽然间塌了下去。立秋之后，弯腰驼背的旺财叔依旧热衷于收集树叶上的雨水，储起来，自己泡茶喝。旺财叔的做法虽然无人效仿，但再也没有人在背后说三道四，当笑话看。然而，牌楼的偏方不胜枚举，旺财叔何以就笃信立秋的天露呢？

每年8月7日或8日，太阳到达黄经135° 时为立秋。“一叶梧桐一报秋，稻花田里话丰收。虽非盛夏还伏虎，更有寒蝉唱不休。”（左河水《立秋》）古人分立秋为三候：一候凉风至。梧叶开始飘零，虽然依旧是盛夏，但此时的风已不同于暑天，尤其是傍晚，稻花香里，裹着一股悠悠的凉意。在徐徐吹来的晚风里，女人甩着湿漉漉的双手，孩子们兴高采烈地搬着凳子，欢天喜地抬着饭桌。二候白露降。早晨，田埂上、菜园里，浮游着一层薄薄的雾，白的白，绿的绿，青的青，如梦似幻。立秋时节的乡村，是中国画里的乡村。三候寒蝉鸣。感阴的秋蝉在午后的枝丫间嘶鸣，秋蝉并不鼓噪，反倒极尽抒情，长一声，短一声。我们掂着一根长长的竹竿子，竿头上蒙着一层蜘蛛网，秋蝉振翅欲飞，却不知，早有一张天罗地网……顽劣如我，儿时捕获的秋蝉最多，我和小伙伴们享受着这小小的恶，这小小的恶，是我们农忙时节仅有的欢乐。

古人一直很重视立秋，认为立秋是夏秋之交的一个重要时刻。早在周代，立秋这天，天子会亲率三公九卿、诸侯大夫到西郊迎秋，举行隆重的祭祀仪式。汉代沿承此俗，并杀兽以祭，表示秋来扬武之意。到了宋代，立秋这天，宫内要把栽在盆里的梧桐移入殿内，等“立秋”时辰一到，太史官便高声奏道：“秋来了！”奏毕，梧桐应声落下一两片叶子，寓“梧桐一叶落，天下尽知秋”之意（我家门前有两棵合抱粗的梧桐，以我多年所见，梧桐落叶，其实都在立秋之前）。

庙堂之上，做的都是官样文章。民间自古对节气也很讲究，立秋这天，民间有占卜天气凉热的风俗。东汉崔寔《四民月令》：“朝立秋，冷飕飕；夜立秋，热到头。”民间讲究二十四节气，秉承的都是实用主义路线。民以食为天。二十四节气除了关系到农时，还时常与口腹之欲、防病祛灾联系在一样。清代，北京、河北一带民间有三伏之后“悬秤称人”（大多是称小孩儿），与立夏时体重对比检验肥瘦的风俗。伏天胃口差，所以不少人都会瘦一些，瘦了当然要补，弥补的办法就是到了立秋“贴秋膘”。“贴秋膘”首选吃肉，以肉贴膘。立秋这天，普通百姓家吃炖肉，讲究一点儿的人家吃白切肉、红焖肉，以及肉馅饺子、炖鸡、炖鸭、红烧鱼等。

这样的口腹之欲，小户人家既消受不起，也满足不了，对于黎民百姓来说，防病祛灾显然更实际一些。自唐宋起，立秋这天，孩子们有用井水服食小赤豆的风俗。取七粒至十四粒小赤豆，以井水吞服，服时面朝西，据说吞服之后，可以一秋不犯痢疾。清代，天津等地流行“咬秋”。人们在立秋前一天把瓜、蒸茄脯、香糯汤等放在院子里晾一晚，立秋当天吃，能避免痢疾。杭州一带流行“吃秋桃”。立秋时大人孩子都要吃秋桃，每人一个，吃完要把核留起来。等到除夕，再把桃核扔进火里烧成灰烬，人们认为这样就可以免除一年的瘟疫。

不光是立秋，民间的每一个节气，都有一些防病祛灾的风俗，口口相传，代代相传。由于空间和时间的原因，这些风俗在南北各地的差异又很大，渐渐的，又假巫婆和神汉之手，衍变成了一道又一道神秘莫测而又匪夷所思的偏方。在那些无药可用也无钱求医的混沌岁月里，民间偏方纯粹是死马当活马医，是死是活，全凭患者自己的运气。这些广布民间的偏方，普遍发端于对自然、对万物乃至对宇宙众生的敬畏，它们是物质化的心理暗示与精神祷告。我猜，旺财叔发明的立秋的天露，大约也是如此吧?

从字面上看，立秋的“立”，是开始的意思，“秋”由“禾”与“火”两个字组成，是指谷物成熟的时期。立秋前后，草木开始结果孕子，大地即将迎来收获的季节。我国中部地区开始割早稻，栽晚稻。牌楼的早稻熟于立秋前，风调雨顺的年份，还没到大暑，家家户户就磨好了镰刀。穿过二爷家的菜园子（茄子和辣椒都熟了），翻过村口的石拱桥（桥墩像老人空洞洞的牙床，基石剥落，青苔漫漶），就是一代代牌楼人赖以谋生的田野。极目远望，田埂上浮着一层白白的雾气，远处的白荡湖烟波浩渺，水际接天。一水护田，两山排闼。一代代牌楼人在这一片山水间刨食，日出而作，日落而息。我尚未成年就跟着二哥下田做农活，锄禾、车水、插秧、割稻、捆稻把，甚至要走上一里多路，将一捆将近一百斤的稻把挑回家。

我喜欢割稻。那些雨后的清晨，高低错落的田野梳洗一新，颗粒饱满的早稻黄灿灿的，沉甸甸的稻穗在风中私语，优雅地摇摆，像盛装待嫁的村姑。早起的乡亲已经开镰了，"唰，唰，唰"……刀刃与稻茬正面交锋，留下一束束齐扎扎的断口。搁置好稻把，断口处，会慢慢渗出一颗晶亮的水珠。

开镰割稻的牌楼人，早上都要吃"米粑"，此风当为牌楼所独有。包米粑程序复杂，既费时，也费事，"一锅米粑两亩秧"。一年忙到头，也只有立秋割早稻、腊月过小年的时候，主妇们才会熬夜排着长长的队伍，有说有笑地磨一箩面，包一锅米粑。做米粑要磨面粉。二爷家的石磨坊建在巢山脚下，入夜时分，萤火虫举着鹅黄色的火把，草绿色的火把，仿佛在为熬夜磨面的主妇们照亮。金樱子在山墙边匍匐，白色的花骨朵次第绽开，草叶间浮动着幽幽的暗香。母亲个子矮，力气又小，每次磨面，总要带上二哥去帮忙。那时候我也没有多高，每次磨磨，我总要夹在二哥和母亲中间，上半身挂在磨档上，看上去全力以赴，其实并没有使出多大的力气。母亲心知肚明却从未说破，汗湿的脸上，爬满了金樱子一样明媚的笑容。

说是磨面粉，其实是磨人，一盆面粉，要磨两三个小时。磨面粉只是第一步。接下来，母亲还要连夜将脸盆洗干净，舀进两升面粉，加水揉成面团后，放在锅台上，盖上锅盖，“醒”。面“醒”之后我们也醒了，第二天一早，蒸笼里便飘出久违的米粑香。“米粑香”究竟是一种什么样的香味呢？不单单是五谷的香气，我说不上来，乡间诸多食物之香，均无可名状。母亲包的米粑手掌大小，纺锤形，薄薄的面皮上还留有几道深浅不一的手指印。米粑馅有咸豇豆（家家户户都要腌），也有山芋粉丝（这个也是牌楼的特产），掺着几粒肥瘦相间的肉丁，一口咬下去，余味绵长。我十九岁离开牌楼，之后因工作之便跑过安徽省境内许多地方，却再没有吃过这样的米粑。三河米饺与牌楼米粑略有几分相似，不过三河米饺是用滚油炸出来的，皮薄、酥脆，只是馅汁太油腻，需佐浓茶以食之。桐城民间早年有吃发粑的习俗，但发粑不是“粑”，是白面馒头。

我很想念母亲包的米粑。如今，母亲已经长眠于巢山，牌楼的留守老人所剩无几，我想再吃一回米粑的心愿，久久未能实现。恐怕，再也不能实现。

光阴在破碎中发出声响

是一个雨后的清晨。从后窗里望过去，雨后的城市和天空一样干净，和雨水一样澄明。这座名叫合肥的小城还在酣睡，除了远去的铁道，匍匐的火焰，一切，都像是一个没有尽头的梦。铁道和后窗之间的距离大约只在半华里，我看不见铁道的样子，但，我能听见远去的火车制造的轰鸣。

横陈于铁道与后窗之间的，是一家货运场。形形色色的车辆从这里出入，形形色色的民工从这里出入。时常，更多的声响就来自于它们。而在这个安静的清晨，一切都还没来得及复制成白天里的样子，除了一个同样安静的抽烟的男人。他比我起得更早，似乎是第一个从梦里醒过来的人。他靠在椅子上，一直在抽烟，双腿很随意地抻着，显得心事重重。他的身后是一辆满载的大货车，巨大的蓝色的车身仿佛一小片天空，而他则是一朵静止的乌云。我从来没见过他，从来没有。他有着一张迥然不同于其他民工的瘦削的脸，但脸色苍白，长发丛生。那个燠热的夏天，货运场里的民工大多剃着平头光着膀子，难得见上一个穿戴整齐且长发丛生的人。我还注意到他神情上明显的落寞，类似于失恋的那种。作为一个过来人，我有理由做这样的类比，尽管我无法看出他准确的年龄。从他的脸上看，二十、三十、四十，似乎都有可能。

看不出年龄的青年男子一般说来可以说为两种。一种是天生的娃娃脸，另一种是人为地遮蔽了真实的面容。他显然属于后者，许多人都属于后者。也许，对年龄的混淆和忽视，可以最大限度地蒙蔽自己的内心。

我默默地注视着这个喜欢抽烟的男人。彼时我的电脑已经打开了，我原来准备记录一个很有意思的梦，但和虚妄的梦境相比，现实显然更容易把我打动。我看见他旋转着一根烟，心无旁骛地接燃了另一根，片刻之后，又如法炮制地接燃了第三根。他抽烟的凶狠和速度让我吃惊——我也是个烟民，最凶狠的时候，一天也能抽上三十多根。但我早上绝少抽烟，我喜欢空腹写作，事实上半饥饿状态也只适合运动和写作，而不适合做别的事情——有点儿类似于刚出牢笼的那种。我几乎没有见他使用过火柴或打火机，似乎，他想最大限度地保持一个清晨的安宁。他一直坐在椅子上，没有起过身。我无法揣度他的内心，外表从来就是个蒙蔽，这个毋庸置疑的事实常常令我深感灰心。

他歪头看了看右侧的一排房子。右侧的那排房子是一幢上下两层的低矮建筑，下面的一层被分割成了一座座仓库，上面更为低矮的一层勉强可以住人。从三楼的后窗望过去，那一层逼仄的“盒子”类似于城市里低矮的鸽子笼。某个黄昏，我曾经看见一个高个子的民工像一只虾子，在逼仄的“盒子”里出出进进，脱衣、冲凉，头顶呼啸的电风扇让我一直在为他担心。现在，那排“盒子”一样的建筑仍在时光里沉陷，没有一丝声音。

就在他抽到第四根（也许是第五根）烟的时候，和他一样瘦弱的阳光刚好挣扎出云层。夏日清晨的阳光像一条条冬眠的蛇，有气无力地蔓延与苏醒。两棵意大利杨树安静极了，而货运场开始在阳光下沸腾。

他站了起来，趿拉着的蓝色的拖鞋扬起薄雾一样的轻尘。地上的烟蒂非常缭乱，若是注意看，还能发现地上的它们其实并没有彻底死亡，一缕虚弱的淡蓝色正在地面上相互缠绕、追逐与亲吻。想到这个句子的时候，我忽然无由地想到他的内心。也或许，是我自己的内心。

这时候，清晨过境的第一列火车再次发出兴奋的尖叫，剧烈而持久，一百年都没叫过的那种，仿佛是去赶赴一场旷古之约，急于把自己的幸福传达给更多的人。当然，铁道也会如期发出一阵痉挛似的轰鸣，除了“痉挛”，我想象不出铁道还能为何轰鸣。强悍的火车与匍匐的铁道是个粗俗的暗示，只有在铁道边生活过的人，才能真正听懂铁道痉挛的叫声。

之后的每一个清晨，我几乎都能看到那个喜欢抽烟的男人。记忆里，似乎只有两次我比他起得更早，更多的时候，他已然从容地靠在椅子上，凶狠地抽烟，木然地盯着某个地方出神。直到，火车的轰鸣撕破一个清晨的安宁。直到，货运场开始在阳光下沸腾。

有一个清晨，我意外地发现他正惬意地吐着烟圈，一个两个三个四个，慢慢地然而却是准确地呈螺旋形上升。他的烟圈吐得非常老练，让我恍如穿越了那个螺旋形的隧道，看见了自己年少时的面容。那时候我刚刚学会抽烟，却对吐烟圈有着不可思议的热情。我整天跟在街痞子后面混，还曾经用本来应该购买模拟试卷的钱买过一条“蝴蝶泉”（这是我想学吐烟圈所需付出的代价），但吐烟圈其实是一件很需要想象力的事，然而我一直就缺乏足够的想象力，结果几乎可想而知。这最初的失败几乎影响了我整个的青春期，颓废、萎靡，弥漫着一种不可理喻的挫败感。这种挫败感事实上一直没有从我的内心完全撤离，许多时候，我都为自己的想象力感到绝望，进而对自己的观察力产生了疑问。比如在那个没有任何吉兆的清晨，我就无法想象，他何以就能那么悠然？他何以就能那么惬意？仿佛就在昨夜，他忽然就受到了神灵的眷顾，听到了神灵的谕旨。因此他完全有理由相信：服从于内心的生活才刚刚开始，刚刚从这个清晨开始。但事实，也许，并不是我所想象的样子。我的想象力再次暴露出它的贫乏，但生活从来就需要借助于想象力，没有想象力的支撑，生活的细部往往会出现危机。想想吧，这真是件令人沮丧的事。

因为想象力的贫乏，我纸上的生活一度营养不良难以为继。每个醒来的清晨，我都搜肠刮肚，寄希望能从虚妄的梦境里得到些许暗示。结果往往一无所获，梦境一片荒芜，生活呈现给我们的，还是昨天的面容。无数个这样的清晨，我总会跌进一个同样的陷阱，深邃、黝黑、没有一丝光明。那个喜欢抽烟的男人仿佛只是一个暗示，他似乎只是想让我看见，生活类似于一个人的脸，潜伏的暗流，从来都波澜不惊。

经年之后的今天，当我业已充耳不闻火车的尖叫和铁道的轰鸣，当我业已妥协于最基本的物质生活，我再次对那些远去的清晨产生持久的疑问。我已经记不清，那个喜欢抽烟的男人到底什么时候开始从后窗消失的了，除了那双时常趿拉着的蓝色的拖鞋，我也已经回忆不起他的样子了。仿佛，他从来就没有真实地存在过；仿佛，他从来就只是我的一个幻觉。

但，这是真实的后窗。后窗外的货运场依然一片忙碌与繁荣。货车进出的喇叭声，货物与车厢的撞击声，民工们的嬉笑声……繁荣从来都需要声响，见证，或者是表明。我还听见一种破碎了的声响，仿佛，是流水远去的声响，又仿佛，是一双拖鞋远去的趿拉声……

草木本心

我是到合肥之后，才认识广玉兰的。阜阳路上，长长的两排，椭圆形的叶子肥而厚，正面光滑，反面粗糙，无锯齿，像一把把临风轻摇的小蒲扇。我在乡村长大，蒲扇太熟悉了，盛夏的傍晚，梧桐树下，一张咿咿呀呀的小竹床。破旧的蒲扇握在母亲的手里，朦胧间，蒲扇在我身上“噗嗒”一声，又在妹妹身上“噗嗒”一声。“轻罗小扇扑流萤”，母亲扑的不是流萤，是蚊虫。在牌楼，竹床不叫竹床，叫“凉床”。这个词是谁发明的？不知道，太准确了！睡到半夜，浑身凉洇洇的，疏朗的星光从梧叶间漏下来，像一滩流泻的乳汁在四周摇晃。星空是一方幽蓝的池塘，在瓦屋顶上倾覆，“星汉灿烂，若出其里”，看上去就在巢山之巅。离开牌楼许多年之后，我在江西的怀玉山、石台的牯牛降撞见过童年的星空——低矮的穹庐浮着一层毛玻璃，满天繁星就在毛玻璃后面，伸手可摘的样子。“不敢高声语，恐惊天上人。”银河是一条幽蓝色的游动的光带，水晶一样，就快涨破了。好像已经涨破了。我久久地仰望童年的星空，竟无语凝噎，像面对一个阔别多年的亲人……我时常遥想童年的星空，也时常遥想母亲的蒲扇。

广玉兰开花有早有迟，在同一棵树上，能看到花开的各种形态。有碧绿如洗的花苞，如婴儿的脸，柔嫩可爱；有完全绽开的，花朵洁白而甜美，纺锤形的花蕊长约一寸。广玉兰香味淡雅，花期也不长，花瓣凋落之后，花蕊依旧挺立在枝头，已经长成了一根两寸长的圆茎。圆茎四周，缀满了紫红色的小颗粒，那是广玉兰赖以孕育新生命的种子。这时候的广玉兰不再是一棵树，而是黄昏里瞌睡的老祖母——风风雨雨都过去了，如今四世同堂，她在余晖里享受着岁月安详。

新开的玉兰花洁白优雅，仿佛绰约多姿的女子，她刚刚妆过的面容散发出美玉一般的光辉。远看时，满树的花朵像无数穿着素衣的美人，又像雪花一样轻盈起舞，真是美不胜收啊……五月，天鹅湖南岸绿轴公园里的广玉兰就开花了，而六月份在北京，一株雨后的广玉兰刚刚绽开五六朵花苞，孤零零地站在一条幽深的巷道里，前后左右，全是槐树。槐树开花也是暮春初夏，但北京六月的槐花，枝叶间的花苞才刚刚绽开。我见过槐花怒放的繁盛景象：一棵槐树，就是一片花的海洋。一串串乳白色的风铃垂在枝头，在微风中轻轻摇曳。完全绽开的，像一只只展翅欲飞的白蝴蝶；有的还是花苞，像一盏盏小灯笼；有的只开了一半，宛若情窦初开的少女的脸……槐花样子淡雅，气味却迷人。

槐花可食（许多花都可食），且吃法很多，仅我吃过的，就有槐花鸡蛋汤、干虾蒸槐花、槐花蒸蛋、槐花炒蛋、槐花煎饼、槐花饺子、槐花面疙瘩，还有母亲最拿手的槐花饭。割晚稻的时候，母亲喜欢煮槐花饭，那是一个农家主妇能给予孩子的最高犒赏。母亲把槐花摘下来，在井边淘洗，然后一片片地铺在筛箩上，晒。槐花不吸水，晒两个日头就干了。母亲把晒干的槐花捧进一只褐色的铁皮筒里，挂在厨房里的一根横梁上。每一次煮槐花饭，母亲都要将右手窝起来，慢慢地探进铁皮筒，啄两小把槐花，放在米里，搅匀了，盖好锅盖，再弯腰点燃锅洞里的柴火。从田畈里归来，我们老远就闻到了槐花的香气、山芋的香气。锅洞里的草灰将熄时，母亲总要在草灰里埋一根山芋，等草灰冷成一堆死寂的灰烬，山芋也煨熟了。揭开一层焦烫的皮，山芋黄灿灿的、甜丝丝的，沁人心脾。母亲做的槐花饭有些涩嘴，却包着一缕淡淡的槐花香，没有一种滋味可以形容它。或许，那就是农家的味道，母亲的味道吧。

离开牌楼之后，我再没有吃过母亲的槐花饭。每一次想吃槐花饭，我首先想到的，总是母亲窝着右手，从铁皮筒里啄槐花的样子。母亲过世后，我已经没有了再吃槐花饭的想法。

合肥环城公园里有一大片槐林。五月，槐花开了，环城路上浮动着清甜而软糯的槐花香。那时候单位还没有搬迁，闲暇的午后，我时常在环城公园的甬道上散步。甬道上槐花纷披，浓荫深处，合抱着一对对你侬我侬的小情侣。我从不去惊扰他们。我也在五月的环城公园里谈过恋爱，那一树树槐花，也只有爱情可堪比拟，也只有两情相悦才不算辜负。密密匝匝的槐花下面，蜜蜂飞来飞去，“嗡嗡，嗡嗡嗡”。我嫌闹，却不嫌吵，和人类相比，蜜蜂更有资格享受这场盛宴。更何况，蜜蜂闹来闹去，最终都为人类做了嫁衣。父亲酷嗜槐花蜜，早一杯，晚一杯，温水冲服，常年如此。我喝过几次，相当失望，槐花蜜里，并没有那种清甜而软糯的槐花的香气。

若以花喻人，清甜而软糯的槐花，当是情窦初开的少女。白居易诗云：“夜雨槐花落，微凉卧北轩。”无论是开在枝头，还是零落在地，槐花的气质都是少女的；而晶莹皎洁的玉兰，无疑是热情洋溢的少妇。

明人张羽的诗："芳草碧萋萋，思君漓水西。盈盈叶上露，似欲向人啼。"樱花也有一种慵懒的少妇美。中国科技大学黄山路的校园里有一条"樱花大道"，在微信朋友圈里著名着，近在咫尺，我却一次也没有去过。武汉大学也有一条著名的"樱花大道"，友人多次邀约，我也从未允诺。咏樱花的诗词不多，好的更少，我只记得一句，苏曼殊的，"芒鞋铁钵无人识，踏过樱花第几桥"。玉兰和樱花都太奔放了，我不喜。诗人好像也不喜。

桂花是花中的美少女。桂花，又名木樨、花簇生，果实紫黑色，俗称桂子。现知的桂花品种至少有一百多个，常分为四大类：黄色的金桂，味淡香；白色的银桂，香味浓；红色的丹桂，香味较淡；最常见的是四季桂，俗称月桂，花期较长，但味道很淡。桂花是合肥市的市花，几乎遍及大街小巷，寿春路、黄山路、大蜀山、植物园、包河、逍遥津、琥珀潭、环城公园……八月桂花遍地开，满城暗香浮动，连发梢上都染上了桂花的香气，如丝如缕，心旷神怡。白居易诗云："遥知天上桂花孤，试问嫦娥更要无？月宫幸有闲田地，何不中央种两株。"咏桂的诗词不胜枚举，佳句也不少，或许是桂花迷人的香气，激发了诗人不羁的想象力。据《晋书》载：晋武帝年间，郄诜出任雍州刺史，晋武帝请他自我评价，郄诜毫不谦虚地说："我就像月宫里的一段桂枝，昆仑山上的一块宝玉……"面对狂傲的郄诜，晋武帝不仅不以为忤，反而大笑着予以嘉许。后人便用月宫中的一段桂枝、昆仑山上的一块宝玉来形容特别出众的人才，这便是"蟾宫摘桂"的由来。蟾宫就是月宫，吴刚月宫伐桂的故事，在中国民间流传甚广，妇孺皆知。桂花和月，也成为秋赋的核心意象之一。唐朝以后，科举制度盛行，蟾宫摘桂便成了科举及第的代名词。蟾宫，摘桂，一静，一动，想想就很美啊！激动人心。

每次看到桂花，我总会无端地想到丰腴的大唐。少女般明媚的桂花，也配得上那个丰腴的大唐。大唐的桂花开在巍峨的庙堂里，开在李白、王维、白居易的诗歌里，开在唐玄宗美轮美奂的《霓裳羽衣曲》里。中国栽培桂花已有两千多年的历史，春秋战国时期的《山海经》、屈原的《酒歌》、东汉袁康等辑录的《越绝书》、西汉司马相如的《上林赋》，以及晋人嵇含所著的《南方草木状》中，都写到了桂花。在民间，桂花的广泛栽培始于宋，盛于明。桂花枝繁叶茂，无论是开花还是散叶，都是一团和气，多子多福的样子，有一种东方女性的美。胡兰成说，桃花，难画，因为要画得它静。桃花太艳了，近乎妖，静不静我不知道，霜降之后的迟桂花倒是静的。花坛边，夜露垂降，天地寂然，桂花兀自扑簌簌，一朵、两朵、三四朵。落叶总是悲秋，但桂花落，看上去既娴静，又美好，心底仿佛有清风徐徐拂过。“人闲桂花落”，少时读王维，这一句总是念念不忘，每次读，都像一个人潜回故乡。

“月宫赐桂子，奖赏善人家。福高满树碧，寿高满树花。采花酿桂酒，先送爹和妈。吴刚助善者，降灾奸诈滑。”桂花酒是人间佳酿。中秋饮桂花酒的习俗在我国各地流布甚广，屈原的《酒歌》中已有“援骥斗兮酌桂浆”“奠桂兮椒浆”的诗句，可见饮桂花酒的年代已经相当久远了。

除了酿酒，桂花还是一种天然药材。桂枝、桂子、桂根皆可入药。桂花晾干后可以冲茶。某年，在皖南祁门某个古村落的水口，我遇到一位自产自销桂花茶的老农，他家的后院长着两棵桂花树，两棵都有一百多年了，接近三层楼高，树冠如盖，树干需要两个人合抱。老农自己说，他做桂花茶已经二十多年了，每年能做五六斤，自己喝的少，大部分用于销售。冲泡之后的桂花像饱绽的粥粒，贴近杯口，淡黄色的茶汤里，漾起一股扑鼻的桂花香。老农的桂花茶半斤起售，六百元，太贵了，我只好泡了一杯，坐下来，续了三次水。临走，我在杯子底下压了五十块钱，老农没有拒绝，笑眯眯的，装着没有看见。那是我喝过的最贵的茶叶。

桂花糕、桂花蜜、桂花糖、桂花粥、桂花鸭、桂花糯米藕、桂花……桂花有各种各样的吃法，每一种，光看名字，就透着一股馥郁的香。还是白居易的诗：“江南忆，最忆是杭州：山寺月中寻桂子，郡亭枕上看潮头。何日更重游？”2011年国庆，我陪父亲游杭州，西湖、岳王庙、灵隐寺、宋城都去了，最让我难忘的，还是朱利平、凌来芳夫妇请我们吃的桂花山药。太好吃了，人间至美。饭店的名字我忘了，规模不大，门前有两株苍翠的香樟，高约两丈，一地浓荫。

老家的院子里也有一棵桂花树。小村牌楼，也只有这一棵桂花树。父亲喜欢栽树，梧桐、香樟、枫香、女贞、栾树、构树、海棠、枣树、桃树、杏树、香椿、刺槐、松树……破罡街上能买到的树苗，父亲都买回来栽过。现在的小村，已经没有人栽树了。春节，回来的人多，留守在家的老人会提前上山，砍几棵松树或枫香，晒干了，当柴火。巢山上的松树和枫香，已经长野了。它们在巢山上兀自生长，和老人们一样寂寞。

百般红紫斗芳菲。这是草木对大自然的回报，也是对人类的丰厚馈赠。遗憾的是，除了自幼熟悉的草木，在植物学方面，我长期停留在小学生的水平。面对合肥街头那些琳琅满目的花花草草，我曾经一片茫然，甚至不知道路边那种随处可见的矮灌木，就是大名鼎鼎的石楠，更不认识榉树、朴树、紫薇、黄连木、鹅掌楸、金边黄杨、杜英、无患子、五彩苏、吉祥草，甚至一度区别不了芙蓉和木槿……一个不关心草木荣枯的人，势必索然无味，他不会发自内心地热爱亲人、自然和社会，近乎面目可憎，几乎不足以谈人生（这当然是我的个人偏见，过于粗暴和武断，面目也很可憎）。人进中年，我越来越喜欢深居简出，生活随性而简单，逐渐疏离形形色色的圈子，基本不参与无谓的应酬。每月为数不多的几个休息日，我喜欢带孩子去野外踏青，教他背唐诗，读《诗经》，识鸟兽草木之名。在我看来，辨识草木的过程，就是重新认识自我的过程，就是自己给自己洗心洗肺的过程。自然中的每一棵植株，其实都是我们的故人。每一根花草，都是我们的血亲。草木有本心。自然中葳蕤的草木，附着有我们的情感、体温和灵魂。

我喜欢梧桐和桑树。梧桐是芜湖路的标志之一，这是一种父性的适于怀旧的树。秋天的黄昏，夕阳西下，梧叶斑驳，有一种沧桑和萧索的美。桑树是属于故乡的植物，有桑树的地方，总有炊烟升起。炊烟飘拂的屋顶下，总有我们的亲人，坐在锅洞旁边，温暖的火苗，舔红了大地一样苍老的脸。

我在合肥没有找到成林的桑，找到过几株伶仃的梓。古人栽桑是为了养蚕，种梓是为了点灯（梓树的种子外面，白色的就是蜡）。小时候，每到春天，菜园里、屋脚边，总会抽出一两棵幼苗，每次看见，我们总要除草一样将幼苗连根拔起。那时候我们都不认识梓，现在认识了，菜园早已荒废，老屋的院子里杂草丛生。没有了梓。屋顶上，炊烟不再升起。

都说“吾心安处是故乡”，吾心安处，不在合肥。岁月如白驹过隙。屈指算来，我在合肥，已经二十二年了。

远去的花神

我的一天，是从一杯蜂蜜水开始的。每天清晨，我起床之后的第一件事总是烧水，并且就在灶台边候着，像一头饥渴的老牛，急不可耐地等着那一杯续命的蜂蜜水。偶尔也有等不及的时候，接下来的一天，我就像一个毒瘾发作的瘾君子，神思恍惚，总是提不起精神来。

蜂蜜有很多种，一般根据蜜源来划分，常见的春季蜜种有槐花蜜：水白透明，质地黏稠，不易结晶。紫云英蜜：又叫红花草蜜，是我国南方春季特有的蜜种。紫云英蜜浅琥珀色，甜而不腻。荔枝蜜是岭南特有的蜜种，气息芳香馥郁，味甘甜，微带荔枝果酸味。百花蜜汇百花之精华，清香甜润，营养滋补，是传统的蜂蜜品种。比较稀有的是桂花蜜和椴树蜜。椴树蜜是东北的蜜种，颇受欧洲人青睐；桂花蜜采自深山老林冬天开花泌蜜的野桂花，香气馥郁温馨，味道清爽鲜洁，被誉为“蜜中之王”，在古代是皇宫的贡品。还有一些蜜种本身是药材，比如黄芪蜜和五倍子蜜，更稀有，不要说吃了，一般人估计连见都没有见过。

蜂蜜是“大众的补品”。除了温水冲服，我经常直接吃蜂蜜。好蜜入口，甜里带着一丝苦尾子，植物特有的香气在口腔里弥漫开来，仿佛含着一小片草地——那是春天的草地，草叶上还滚落着晶莹的露珠，旭日如婴，奋力跃出醒来的山巅——但市场上出售的好蜜少，纯天然的野蜂蜜更稀有。有一年春节，老孔送我两瓶野蜂蜜，我大喜过望，二话没说就收了下来。我向来信奉“君子之交淡如水”，但老孔的野蜂蜜，我无法拒绝——老孔嗜蜜如命，那些野蜂蜜是他费尽周折，下足血本，从闽南山区一个林场里买来的。那是真正的野蜂蜜，淡黄色，甜而不腻。我送了一瓶给父亲。父亲将信将疑地看着装蜂蜜的塑料瓶（蜂蜜要用玻璃器皿保存），又拧开盖子闻了闻，眼睛慢慢地亮了，孩子一样笑了起来，比我还要欢喜。

蜂蜜是“老年人的牛奶”。父亲生前爱喝槐花蜜，早一杯，晚一杯，常年如此。每次去看父亲，我总要看看他的蜜罐子，父亲也总要和我开玩笑，“看某东西呢？又不给我买，呵呵……”。父亲晚年行动不便，蜜罐子快要见底时，他便给大姐打电话，指定购买某个牌子。那个牌子的槐花蜜我喝过一次，口感偏甜，余味中带着涩，嗅觉上也没有槐花那种软糯的香气。好蜜是没有涩味的，有的只是草本淡淡的苦味。愈是好蜜，气息愈是清冽，有些嗅觉发达的人，还能闻出百花蜜复杂的蜜源。

2014年暮春，我在仙源老街遇到一个养蜂的老人。老人已经不养蜂了，守着一爿蜂蜜店，靠在躺椅上守株待兔。我进店时，店里没有开灯，老人从躺椅上缓缓地偏过脑袋——像一个从幽暗中浮现出来的鬼魂——光秃发亮的头顶，不多的几缕白发趴在脑袋两边。货柜里陈列的几十瓶蜂蜜都很普通，我来回看了两遍，很失望，转身欲走，老人轻轻地咳嗽了一声："可是想买好蜜？"我扭头一看，老人已经从躺椅上欠起身来："我有一罐好蜜，你看看。"老人一边说一边转到货柜后面，喜滋滋地抱出一个椭圆形的玻璃瓶子。我愣住了，那是江淮地区的百花蜜，醇厚的琥珀色，天光下，像一团凝结的翡翠。"你闻闻。"老人旋开瓶口上的封盖，我饱吸了一大口，一股清新的雨后山野的气息扑鼻而来。"这蜜，至少有四种花粉在里头。槐花、油菜花、红花草，还有一种香味你可能闻得出来？"老人笑眯眯地站在我的旁边，我耸着鼻子，使劲闻了两次，终究无法识别。"你再闻闻，可有豌豆花的味道？"老人迫不及待地看着我，我恍然大悟，立马躬身向老人作揖，请教，孰料老人却摇了摇头："我养了十几年中华蜂，什么味道闻不出来？要说，我真说不好……"老人说的倒也是实情，嗅觉和味觉一样只能意会，无法言传。

受气候条件限制，江淮地区同期开花的花木种类很有限，采自四种蜜源的百花蜜因此也非常罕见。物以稀为贵。老人珍藏的那一瓶好蜜虽然只有三斤多，但他出价两千元，不还价，不零卖。我没有那么多现金，老人却不肯商量："这蜜，你买不到的，任你去哪儿也买不到……"老人说着说着又回到了躺椅上，瞬间竟起了轻微的鼾声。我几乎不相信自己的眼睛，于是试探着问："老人家，您高寿啊？"

鼾声止住了，老人用手指凭空写出一个数字"8"，片刻之后，又凭空写出一个数字"9"，我大吃一惊，如履薄冰地退到了店外——那不是蜂蜜店，是一座神庙，而我，是一个冲撞了神灵的冒失鬼。

20世纪80年代，小学三年级，我第一次见到养蜂人，一对来自河北的中年夫妇。妻子戴着草帽，草帽四边缀着一圈黑纱巾，胳膊上套着护袖，看上去很像吉普赛人。丈夫黝黑的胳膊覆满浓密的汗毛，裸在外面，草帽四边也没有纱巾。后来我们才知道他姓水，喝水的水，我们都好奇于这样的怪姓。夫妇俩的帐篷紧邻巢山小学围墙，围墙外是沿着山麓绵延而来的一片槐树林，四月，槐花开了，沁人心脾的槐花香涨满了山麓、学校和田埂。那段时间，课间、放学，我和几个小伙伴总要翻过围墙，看槐树林边几十个一字排开的蜂箱，勤劳的小蜜蜂嗡嗡嗡，成群结队，在蜂箱周边不知疲倦地盘旋。“穿花度柳飞如箭，粘絮寻香似落星。小小微躯能负重，器器薄翅会乘风。”（吴承恩《咏蜂》）蜂蜜吃起来甜，酿造的过程却很苦。大风天，蜜蜂飞起来费劲，采蜜效率低；下雨天，蜜蜂干脆罢工，花朵也会提前萎谢。冬季工蜂的寿命只有三个月，在采蜜最繁忙的季节，寿命只有二十几天。低温和农药更是灭顶之灾，低温难以避免，致命的农药有的是误打，有的却是遇到了恶人。人生地不熟的，夫妇俩只能忍气吞声，躲在帐篷里，抱头痛哭。

都说渔民苦，其实养蜂人更苦。养蜂人一年四季在外奔波，风餐露宿，常年无休。和牧马人一样，夫妇俩逐花而居，在巢山安营扎寨二十天之后，又收起帐篷，带着上万只小蜜蜂一路南下，在皖南和婺源一带驻留一个多月。古徽州成片的油菜花，是蜜蜂最喜欢的蜜源。为了采到无污染的好蜜，夫妇俩经常钻深山、穿老林。有一次，刚扎好帐篷，就遇上泥石流，人逃了出来，蜂箱全毁了。更凶险的遭遇，是一次擦肩而过的车祸。真是命大啊！车子和蜂箱全都散了架，开车的水师傅受了一点儿皮外伤，副驾驶室里的妻子死里逃生，肋骨骨折、髌骨骨折、腿骨骨折，肺部挫伤，导致胸腔积液，在重症监护里住了二十天……每次聊起这些，听的人唬得一惊一乍，水师傅心有余悸地笑着，手里端着一碗面。他是我见过的最喜欢吃面的人，每次都要吃两大碗，坐在槐树根上，“呼噜呼噜”，吃完了，抹抹嘴。这时候，瘸腿的妻子总要出来接走他的碗，他满足地笑着，打出一个响亮的饱嗝。

牌楼的挂面很好吃，每年腊月，家家户户都要做挂面。挂面有的宽而扁，有的细若发丝，一卷卷搭在竹竿上晾晒，轻风徐来，水波一样荡漾。从远处看，像是一张张白纸。夫妇俩每次来，扎好帐篷，摆好蜂箱，妻子就挨家挨户地找人换挂面。他们吃得很简单，煤球炉子上的钢精锅突突突，不是熬稀饭，就是烧开水，下挂面。牌楼人办喜事，照例要请水师傅，水师傅感激地应承着，却很少来。他走不开。车祸之后的妻子瘸了一条腿，不能负累，他揽下了所有的体力活，蜜蜂终日忙碌，他也没有多少空闲。他是真能吃苦耐劳啊，一个人，埋着头，牯牛一样，从天亮默默地忙到天黑。

有一年，夫妇俩的帐篷从山东搬过来，帐篷旁边摆着十几个装满蜜脾的蜂箱，蜜脾里是还没有来得及加工的蜂蜜，一股植物的香气源源不断地渗出来。见我们迟迟不散，围着蜂箱打转，水师傅便割掉蜜脾上的蜜盖，将蜜脾放进摇蜜桶里快速摇动，晶莹剔透的蜂蜜很快便被甩了出来。那是我第一次吃到野生的荆条花蜜，入口有一股清香，微酸、绵软、余味悠长。多年之后，那一股清香依旧盘在我的舌尖上。我迷恋那一股清香，每一次回味，都像回到久违的故乡。

久违的故乡如今已面目全非。春天里，野花开，养蜂人不见了，蜜蜂兀自嗡嗡嗡。平畴清寂。荷锄的农人也不见了，野旷天低树，雀鸟翔集。

蜜脾一点香先透，万斛醍醐总不如。蜂蜜是蜜蜂赐予我们的美食，每一口好蜜，都是精美的馈赠。蜜蜂虽然寿命短暂，但终生劳碌，甚至在劳碌中献身，这是一种积极的生活态度，更是一种非凡的人生境界。每每吃到一口好蜜，我总对平凡的生活充满感恩，并对那勤劳的小生灵肃然起敬。

每每吃到一口好蜜，我总会想起那些风餐露宿的养蜂人。他们逐花而居，是大地深处最美的花神。

向黄昏沉沉坠落

一

刚刚认识马多的时候，他还是一个意气风发的小伙子。从肥西农村扑进省会合肥，马多和那些进城务工的人员一样，满脑子都是扎根城市、安居乐业的美好愿望。这个二十四岁的年轻人只有初中文化，靠着自己的小聪明，他无师自通地学会了修理家用电器，渐渐的，居然还弄懂了摩托车、电动车之所以能够风驰电掣的全部原理。这成了马多安身立命的最大资本，对于自己的维修技术，马多也满怀信心。

一个盛夏的清晨，在合肥城东一条人流如织的街道上，一家逼仄的个体修理铺，在一阵鞭炮声中宣布开业，马多既是老板，也是修理工。马多向沿街搭了张防雨棚，门楼上的喷绘密密麻麻地写满了四行字，第一行：修理电饭煲、电扇、电吹风、电熨斗；第二行：修理摩托车、电动自行车、电动三轮车；第三行：开业优惠，童叟无欺；第四行是马多的手机号码。一切都是新的，马多穿梭其中，这个刚刚洗脚上岸的个体小老板，半是欣喜，半是忧心。那天上午，马多没有接到一单生意，但毕竟已经开始了自己的新生活，他一会儿站起来，一会儿又坐下去，激动得满脸通红。马多的父亲专门从乡下赶来，老人坐在一把小马扎上，笑眯眯地看着自己的儿子，看着喧嚣而炫目的街景。这个矮小的乡下老人眼睛眯成了一条缝，那个光宗耀祖的时刻虽然显得过于冷清，但对于老人来说已经足够了，在那阵冲天而起的鞭炮声里，老人看见了自己的幸福的余生。现在，老人终于平静了下来，逼仄的脸像一只握紧的拳头，暴突的门牙上，积累了铁锈色的烟垢。

那一年，老人刚刚迈进六十岁的门槛，大儿子和两个女儿都有了自己的家庭。马多是最小的儿子，还在漂着，既没有成家，也没有立业。在婚嫁方面，乡村已经提前城市化了，为了大儿子的婚姻，老人付出了近十万元的彩礼，不仅掏空了多年攒下的家底子，还欠了一屁股的外债。当马多终于也到了婚娶的年龄，老人整日愁容密布，他日出而作，日落而息，但田地里的收入终究过于微薄，一亩三分地，耕耘不了一个乡下小子的婚姻。意识到这一点之后，老人索性撂下了锄头，他开始频繁地赶集，风雨无阻地买“刮刮乐”，买“双色球”，但老人所有的祈祷最终都变成了美丽的肥皂泡，从天而降的馅饼总是砸中了其他的彩民。咒骂无济于事，老人坐在蛙声阵阵的田埂上，嚎啕大哭，直至东方既白。那一刻，马多远远地站着，他恨眼前这个痛哭的男人，恨脚下这一方贫瘠的土地，也恨自己逐渐苏醒过来的蓬勃的身体。那具年轻的身体正在潮湿的青春里沦陷，它在一眼望不到尽头的压抑中，疯狂地消耗着自己。

马多最终选择了逃离。大哥大嫂、两个姐姐和姐夫都在厦门务工，孩子都丢给了老人。马多不想走得那么远，他只想扎根合肥，既能跳出农门，又能就近照顾留守在家的老人。那时候，肥西到合肥的交通尚不及现在方便，但至多也就是一个半小时的车程。马多的选择让白发双亲倍感安慰，一个半小时，在老人能够想象也能够接受的范围之内。经过许多个挣扎和彷徨的夜晚之后，我不知道马多是否后悔过当初的选择，如果马多一开始就像哥哥姐姐一样置双亲于不顾，独自去异乡闯荡，马多的人生完全有可能改版。但人生没有后悔药，选择了一条什么样的道路，就意味着选择了一种什么样的生活。

马多的几个同学都在合肥谋生，短暂的逗留之后，马多就另立门户，租下了一间小头小脸的修理铺。这个怀揣梦想的小伙子艺高人胆大，他什么样的车子都敢大卸八块，什么破铜烂铁都敢随意焊接，然后东一榔头西一棒子地捣鼓，再然后转动油门，一股黑烟就在车屁股后面蒸腾……他太聪明了，也肯用功，没事可做的时候就翻《电器修理大全》，厚厚的一本书已经翻散了页，乌黑的油渍到处都是，字迹漫漶不清。不久之后他又添置了一台二手电脑，在网上搜资料，逛维修论坛，一个字一个字地敲下自己的维修心得。如果不是亲眼所见，我很难相信在那个维修论坛上，“马多”竟是一个知名度极高的ID，他的维修心得广受热捧，网友们的跟帖翻到了三十多页。

休息日，写累了的时候，无事可做的时候，我经常踱到马多的修理铺，看着他一身油渍地忙活。在那条修理铺云集的街道上，马多的修理铺很快就成了最红火的一个，他耳朵上总是别着烟（顾客递的），嘴里也很少熄火（他原本没什么烟瘾）。他常年穿着一身银灰色的工装外套，我送给他的时候，外套还是新的，但马多上身不到两个月，一只膝盖就磨破了，厚重的油渍四处结痂，仿佛穿了一百年。那时候的马多虽然累，什么都是一个人，生活也苦，一天只吃两顿便宜的盒饭，但他是快乐的，未来就在眼前，梦想指日可待。闲下来的时候，马多会向我吹嘘自己的得意之作，比如一辆闲置了三四年的摩托车，经过他的捣鼓，又生龙活虎地飞上了马路。再比如一口电饭煲，几乎散了架，又在他的手下重新复活……我一直没有怀疑过马多的技术，这个凭技术吃饭的年轻人，不仅还清了开业前的所有借款，而且已经有了自己的存折，还提前支付了一年的高昂的房租。说起这些的时候，马多的眼睛眯成了一条缝（多么像他的父亲），他又想遮掩自己的快乐，于是又游移着望向远处。

在那些快乐的时光里，我劝马多尽早为未来做一些打算，比如找一个合适的女朋友，两个人一起干；再比如买一套小点的房子，给自己一些压力，慢慢还贷款……这是进城务工人员最现实也最便捷的落户方式，马多当然也应该这么做。但马多总是笑，一副不紧不慢、胸有成竹的样子。笑过几次之后，马多就给我打了个电话，让我抽空去他那里看看。远远地，我看见一个绿衣女孩儿坐在我惯常坐的那把凳子上，马多依旧在忙着，一个顾客站在旁边抽烟，间或也蹲下来，查看着电动车的某个零部件。街灯突然亮了，灯影里的女孩儿，昂着一张月亮般皎洁、苹果般红晕的脸。在我的注视下，绿衣女孩儿局促地站了起来，她个子不高，年纪也不大，丰腴的体态。马多示意我进铺，又动了动脑袋（示意我从他的耳朵上取烟）。马多的铺面最多只有十个平方，最里面隔出了一张床，外面码满了名目繁多的零配件。绿衣女孩儿娇滴滴地催促着马多，马多尴尬地笑着，却没有停下来。一直没有停下来。

最后一名顾客终于千恩万谢地走了，同时走的，还有那个绿衣女孩儿。

最后一笔生意，马多挣了二十五元。

马多沉默不语，蹲在门槛上抽烟。我无所事事地看着熟悉的街景，黄昏里，动荡的烟火像一小片辉煌的海，无数过客穿梭其间。我忽然失去指责马多的勇气，虽然他对绿衣女孩儿的轻慢，无论如何都是该指责的。马多坚持要请我吃饭，我拒绝了，这个一天只吃两顿盒饭的年轻人，挣的都是辛苦钱，他也精打细算着自己的消费——开店快一年了，他居然没有给自己添置过一件衣服，更没有进过一次饭店，唯一奢侈的消费，就是十块钱一包的“白沙”牌香烟。我没有看过马多的存折，但现在想来，那几年，节衣缩食的马多确实从牙齿缝里抠出了不少血汗钱。

二

具体的日期我已经记不确了，大约是下午四点，我意外地发现马多的修理铺居然关着门，这种现象绝无仅有，我急忙拨通了马多的电话。电话那头，马多的声音嘶哑而低沉：“老头子住院了，小细胞癌，晚期。”我兀自吃了一惊，眼前浮起一张拳头般大小的脸。“需要我做什么，你尽管说。”我尽可能地安慰着马多，希望他能积极地面对，坚强地生活。

一帆风顺的马多迎来了人生的第一次磨难，他几乎丢掉了蒸蒸日上的修理生意，日夜守在父亲的床前。他的一个哥哥和两个姐姐似乎彼此协商好了，他们居然都没有回来，甚至没有为病床上的父亲付出一分钱。一切都是马多的，而马多对此也毫无怨言，他甚至告诉病床上的父亲，他已经雇了两个修理工，自己坐在家里喝喝茶、上上网、收收钱……那一刻我不在现场，也无法揣测马多的真实意愿，更不知道他究竟有多大的实力，以至于敢撒下这样的谎言？

老人于是心安理得地住院，出院。心安理得地再次住院，再次出院……小细胞癌。晚期。我咨询过熟悉的医生，这时候治疗只能减轻病人的痛苦，对于疾病本身来说，其实已经没有任何意义——癌细胞已经全面扩散，随时会攻陷患者的精神和肉体。我没有对马多隐瞒医生的观点，尽管这多少有些违背医护人员的职业道德。但马多对此将信将疑，他天真地以为，救死扶伤是医护人员的天职，如果一点儿治疗的希望都没有，他们就不该让自己的父亲继续住在医院里。我不知道该如何向他解释，在他看来，人之初，性本善；人在做，天在看。

一个令我更为不解的现象是，在那些来来回回的周折中，我一次也没有看见马多的母亲——据说她晕车，也闻不了医院里的福尔马林……在接父亲住院然后再送父亲出院回家的空档里，马多只能三天打鱼两天晒网，见缝插针地接下一两笔生意。一些熟悉的老顾客终于对马多失去了耐心和信任，而那种零打碎敲地修理，甚至维持不了最基本的日常开支——开门就要钱，更何况修理铺里的卷闸门，经常是关着的。三四个回合之后，马多一下子老去了十岁，他精神萎顿、面容憔悴，那么多深刻的皱纹，过早地爬上那张原本青春勃发的脸。那段时间，我经常给马多打电话，一方面是想了解一下老人的病情，另一方面是想陪马多说说话。这个意气奋发的年轻人，他从来没有过这样的经历——当父亲突然病倒，悬崖一样陡峭的死别向他步步紧逼的时候；当父亲一次次病危，医院一次次催缴治疗费的时候，孤单的马多时常陷入深长的无助。每当夜深人静，患者和家属沉沉睡去，失眠的马多就悄然起身，在住院部的走廊里来来回回地踱步，像一个茫然不知去向的野鬼和孤魂。他痛哭，诅咒，做俯卧撑，在上上下下的电梯里倒立，用燃烧的烟头灼烫自己的手心……他用近乎疯狂的自虐，抚慰内心的创痛。那时候的马多终于相信，父亲是救不过来了，他只能尽人事，听天命，最大限度地减轻父亲的病痛。

四个月之后，父亲掏空了马多全部的积蓄，在第七次抢救中闭上了眼睛。在手术室的大门即将关闭之前，老人恋恋不舍地喊着马多的乳名。当父亲喊出那个遥远的名字时，马多并没有意识到，父亲是在和自己永别，他已经看见了恐怖的死神。病床上的父亲像一个被弃的孩子，握着父亲慢慢变凉的手，马多百感交集，热泪滚滚。父亲贪恋着肮脏的人世，马多也为此拼尽了全力——四个月之后的马多，从一个略有所成的个体小老板，变成了一个一贫如洗的穷光蛋，他用自己的原始积累，减轻了父亲肉体上的疼痛。每一次抢救，其实都是一次死亡的预演，在一次次接近极限的心理挑战下，老人终于能够平静地迎接死神的降临。生命只有一次。许多个日日夜夜之后，马多终于深刻地理解了自己的父亲。他曾经恨过这个男人，但在那个生离死别的时刻，仇恨消失了，父亲轰然坍塌的精神和肉体，唤醒了马多尘封已久的热爱和亲情。

重新开门的马多不得不向我借钱，他想重振旗鼓，收拾旧山河，然而，修理街上的格局已经变了，一家修理铺后来居上，那个精明的女老板像一条蟒蛇，悄然吞并了整条街上的十一家修理铺。孤军挺进的马多惨遭败北，修理铺门前冷落，一天只能接两三笔小生意。然而即便如此，马多依旧没有缴械投降、坐等收购的打算——蟒蛇一样的女老板不止一次抛出橄榄枝，并且承诺继续聘用马多。每一次，马多都大义凛然地拒绝了，他相信自己的技术，也不愿意寄人篱下，看人的脸色，辛辛苦苦地挣着计件工资。绝地反击的马多像一个赌徒，他请人设计了一份彩色的宣传单页，铜版印刷，三千张，并且不惜雇用三十名学生，在周边的各大小区里广泛散发。

置之死地而后生，马多使出的这一招收到了奇效，他的修理铺，终于再次赢得了周边居民的信任。而经过一番跌打的马多，也摸索出了生意场上的一些小诀窍，他悄悄地改变了自己的经营策略——主动给顾客散烟，并且真正做到了价格优惠，童叟无欺。配根螺丝、合根螺帽之类的小生意，分文不取。这些实实在在的变化让马多的修理铺车水马龙，虽然说不上日进斗金，但不久之后马多就还掉了借款，一应开支也已无须担心。我为马多高兴，闲下来的马多，脸上又浮起了久违的笑容。他和“绿衣女孩儿”又恢复了联系，请她吃饭、看电影、逛街、购物，还玩了一趟西递和宏村。“她看上去很小啊？”我好奇地盯着马多，马多难为情地笑着，挠着脑袋，像个早恋的中学生。“小什么啊？都二十了！”这时候我才第一次知道，绿衣女孩儿还在读书，是一所职业技术学校里的中专生，她和马多从虚拟空间里的网友，发展成了现实生活中的恋人。这让我大吃一惊，过来人的经验让我断定，马多的这场恋爱，注定将无疾而终。然而，面对沉浸在幸福之中的马多，从艰难的拼搏中慢慢复活的马多，我只好选择了沉默。成长是一个破破立立的过程，或许，也需要一段没有结果的爱情。

三

马多的修理铺再次关门的时候，我已经不那么担心了。我原以为，他是陪绿衣女孩儿去了外地，但事实并非如此。

父亲过世之后，马多的哥哥和姐姐就接走了他们的孩子，马多的母亲一个人守着三间空荡荡的房子，虽然有的吃，也有的穿，但空巢中的老人浑身不适，整天头痛，频繁地产生幻觉，总看见家门口飘忽着三四个长发纷披的“鬼魂”。老人甚至不敢一个人睡觉，太阳刚一落山，就火急火燎地关上了大门，点亮家里所有的灯。在村子里留守的，都是些风烛残年的老人，没有人愿意晚上和她做伴，也没有人相信她看到过鬼魂。在村民们看来，这个老人神神叨叨的，十有八九是不堪孤独的折磨，神经突然短路了。村民们的冷眼加剧了老人的病情，她频繁地拨打马多的电话，半夜三更打，天亮了又打。在母亲一遍又一遍的催促里，将信将疑的马多不得不关掉了修理铺。

马多一回家，母亲就正常了。头可痛了？母亲摇摇头，不痛了；鬼魂呢？马多坐在门口守了一天，母亲大睁着无辜的眼睛，她发誓自己确实看到过，甚至拿自己的生命赌咒……精疲力竭的马多挣扎在儿时的床上，像一头垂死的困兽。在母亲频繁“生病”的日子里，哥哥姐姐依然无动于衷，他们奋斗在自己的小日子里，母亲和田园，只属于马多一个人。

马多又开始了两头奔走的日子。母亲坚称自己需要住院，需要马多，马多无可奈何。父亲病重的那段日子于是又有了翻版，不同的只是，住院的母亲自己洗衣服，自己上厕所。这个不堪孤独的老人，住在医院里输营养液，一遍又一遍地检查自己的心脏和大脑。然而，除了高血压、低血糖和轻微的脑梗塞，其他各项检查结果，指标都基本正常。马多一遍又一遍地向母亲解释，医生一遍又一遍地心理疏导，但这个老人始终认定自己有病，需要住院治疗。

于是住院，治疗。继续抽血化验，做脑部CT、心电图、B超，继续输营养液……老头子已经走了，马多说“老娘不能再没了”，这句话瞬间击中了我，我百感交集地看着马多，想说，却又不知道还能说些什么。马多看出了我的心思，他重重地叹息了一声：“人啊，不求别的，心安就好！”

我无言以对。那天晚上，我自斟自饮，破天荒地喝完了半斤白酒。酒酣耳热之际，我一遍遍地审问着自己：如果你是马多，你会怎么做？我设想了若干种答案，但每一个答案都有一个预设的前提。这种灵魂的拷问让我看见了人心深处的黑洞，而且我相信，不是每个人都能经得起这样的拷问。两年之后，我的母亲就患上了尿毒症——要么透析，要么换肾，但母亲年事已高，无论治疗如否，最终的结果都将人财两空。当我们一家人坐在一起商议母亲的治疗问题时，我忽然就想到了马多当初的决定。马多只有一个人，独自面对父亲和母亲的疾病，但马多选择了一条道走到黑，心安，是他唯一的选择标准。感谢马多，是他在最关键的时候，帮我下定了即使砸锅卖铁，也要为母亲治疗的决心。

然而当时，我竟没有去看马多的母亲，那时候，我厌恶着这个自私的老人。在马多的和我的乡下，马多的同龄人早就做了父亲，但独自闯荡的马多，还是一只爬行的蜗牛——没有房子，没有结婚，身后还拖着一个神神叨叨的母亲。我甚至很少联系马多，清官难断家务事，我也不希望自己的价值观，直接或间接地影响到马多。他让我看出了自己的“小”，然而，他这样的日子，什么时候才是个头呢？

在出院和住院之间，母亲就住在马多的铺子里，马多不得不在一堆零配件中间，勉强搭出一张小地铺，那张小地铺小得像一张婴儿床，马多只能像孩子一样蜷缩在上面。更不堪的是，老人依旧把自己当成了病人，她整天躺在床上，要吃要喝，要关门便溺，大白天的，要关门睡觉，因为外面太吵……这个被心魔纠缠的老人，在马多的忙碌里变得异常狂躁，她说自己就要死了，而马多只知道赚钱，不肯尽一尽最后的孝心；她还说马多只知道给她吃盒饭，见不到一丝油荤……马多不得不一次次停下手中的活计，一遍遍地向母亲解释、道歉、乞求……但所有的努力都无济于事，发展到后来，老人开始辱骂顾客，摔东西，拿到什么摔什么。

那个周末，“绿衣女孩儿”专门来看马多，两个人正在兴兴头头地说话，老人突然掷出的痰盂，让女孩儿的眉心血流如注，那一弯精心修饰过的柳叶眉，变成了一条殷红色的河。马多不得不带着女孩儿去医院里包扎伤口，等沮丧的马多独自返回修理铺的时候，铺子里已经空无一人，卷闸门，有气无力地耷拉着。惊慌失措的马多一口气狂奔了四条街道，但负气出走的老人，已经从茫茫人海里消失了。马多一屁股坐到人行道上，茫然地看着市声如沸、车流如织的街道。“想哭就哭出来吧，别憋着……”马多苦笑着抓住我的胳膊，一大串眼泪，从笑容里冲出了深陷的眼窝。

“她走了……”

“我知道，等她消消气再说。”

马多摇了摇头，她说了，我只能选择一个。

这是一道不可理喻的选择题，且蛮不讲理，我只能把选择权留给马多自己。我默默地看着马多，在前赴后继的泪水里，马多已经泣不成声：“我把我老娘……搞丢了……”

“怎么会丢？肯定自己回家了！”

但留守在家的老人，谁也没有见过马多的母亲，他们还以为，老人是在城里和儿子一起享福，衣来伸手，饭来张口，过着神仙一样的幸福生活。“哦，没回来啊？”马多微笑着，忽然成了一根面条，软绵绵地瘫倒在地。村子里一下炸开了锅，群鸟鼓噪，野狗狂吠。这条爆炸性的消息在击倒马多的同时，也让留守在家的老人们面容哀戚，他们议论着、感慨着，唏嘘不已。从前的冷眼忽然消失了，取而代之的，是发自内心的祷告和祈福。

那段时间，我陪马多贴完了一大摞《寻母启事》，但除了零星的几条骗钱的短信，我们竟没有收到一条准确的线索。这个负气出走的老人仿佛是故意的，她故意选择这种方式，持久地惩罚自己的儿子。马多沉陷在深长的罪责里，他不敢接哥哥姐姐的电话，更不敢主动告诉他们母亲已经失踪的消息。他看上去已经老了，过早地生出了白发，眼窝里能放两个鸡蛋，蓬乱的长发，像一只鸡窝。他依旧守着自己的修理铺，晚上也亮着灯，希望温暖的灯光能够引回走失的母亲。但奇迹没有发生，一直没有发生，马多走失的母亲至今杳无音讯。那段时间的马多，裹挟在厚重的悲凉里，他时常精神恍惚，自言自语，靠在门框上抽烟，晒太阳，像一个日薄西山的老流浪汉。

修理铺里的生意江河日下。恍惚的马多偶尔也挣扎过，但更多的时候，他选择“听天由命”地活着。那是一段举步维艰的日子，马多勉强支撑了四个月，那四个月，马多频繁地向我借烟，有时还让我请他吃饭，每次只点一道菜，一份汤，两碗白米饭。但他始终不肯要我的钱，连一百块钱也不肯要，拉扯久了，他就脸红脖子粗，一言不发……我只好依他，只好隔三岔五地给他送条烟，请他吃一顿简单的晚饭。对于未来，他已经彻底失去了信心，仿佛也没有具体的打算。那个怀揣梦想、意气奋发的年轻人已经死了，活着的这个人，仅仅是在活着。

撑到一年春节的时候，马多已经支付不了来年的房租。他不得不关门歇业，像一只没头的苍蝇，在大街小巷里四处乱窜。不久之后，马多的手机号码就成了空号，他甚至没有和我说一声，就悄无声息地消失了。和他的母亲一样，马多的消失过于彻底，仿佛，那个名叫马多的年轻人，并没有在我的生活里出现过。

但我还记得最后一次请马多吃饭时的情景——我们相对而坐，两荤一素，两瓶啤酒，疾驶而过的车轮，碾起无数灰尘。我没有胃口，看着无数灰尘在夕阳中舞蹈，在马多的头顶上舞蹈。它们前赴后继，向黄昏沉沉坠落。马多的面目淹没在夕阳的余晖里，渐渐黯淡，仿佛天生没有五官。

四

如今，八年过去了，我已经搬离了那条修理街，那条修理街也在城市豪迈的扩张步伐中，变成了一片楼宇林立的住宅区。偶尔路过的时候，我多么希望能劈面撞见马多，撞见一个生龙活虎的修理工。他还在做修理吗？应该是。我其实并不知道，但马多不是那种轻易放弃的人。我唯一不能理解的是他的失踪——他为什么要失踪？如果你是马多，你会不会像他一样杳无音讯？——世上没有过不去的坎，只要努力，就有可能。也或许，是马多不愿意再和我联系，在他看来，我们属于两个完全不同的生活圈子，本来就不该有任何交集。

可我一直没有忘记过他。人进中年，我依旧怀念着那个名叫马多的修理工——他应该已经娶妻生子，和我一样，安心于做一个普通人，享受着平淡的生活和平凡的生命。但我不知道他的生活是否安稳，更不知道他有没有想起过我，并且会像我想起他时一样，心怀祝福，向那段远逝的年月和梦想——默默致敬。

是啊，岁月如白驹过隙，匆匆，太匆匆。有一些人虽然萍水相逢，却会深刻地影响我们的一生。

声　声　慢

那一天差点儿就成了节日，我十二岁的妹妹被安庆市黄梅戏剧团破格录取了！喜讯传到牌楼的时候，连躺在床上等死的高大娘都被惊醒了，老人家一骨碌坐了起来，精神抖擞得有些过分，令人疑心，与她的年龄一点儿都不相称。

高大娘的出现使喜庆的声浪达到了沸点。高大娘拳头大的脸上，堆满了压倒一切的、令大家黯然失色的光芒。海佬——我的妹妹——作为主角其时还少不更事，她还不能够懂得进入安庆市黄梅戏剧团对于一个乡村少女的全部意义。因此，当她若无其事地坐在黄昏的门槛上，且有些惊骇与茫然地看着回光返照般的高大娘时，我们都看见高大娘古里古怪的眼色，接着又看见她狠狠地吐了一口痰。重新站起来的高大娘至少又老去了十岁，以至于她已经不会掩饰自己对一个孩子的妒忌了。母亲小心翼翼地接住高大娘，手里仿佛端着一件价值连城的瓷器。高大娘坐稳了，看着我母亲，说："四娘啊，我老（死）的时候，让海佬给我唱黄梅戏吧。"

母亲脸上的喜色很快就消失了，海佬则跳了起来，脸上全无人色。惊慌失措的海佬让母亲找到了逃遁的借口，她终于得以丢下高大娘，小跑着捉住了海佬的手。一屋子的人很快就散了，高大娘的一张老脸憋得血红，腰弯成了虾米，一个劲地咳嗽。

妹妹动身去安庆那天，村子里的人又都齐匝匝地来了。他们把所有的赞美都毫不吝啬地送给了妹妹，德高望重的瞎二爷甚至断言，海佬一定能不负众望，成长为继高大娘之后的另一个黄梅戏新秀。瞎二爷的断言几乎就是盖棺定论了，毫无疑问，"继高大娘之后""小村牌楼必将因为海佬的出现，而将黄梅戏再次推向一个新高潮"。

高大娘早年也唱黄梅戏，听母亲说，高大娘之所以没能成为"七仙女"，是因为她过早地下了凡。然而下凡的高大娘却没能遇见命中的"董永"，至于她怎么会落草到牌楼，已和老人的年龄一样无法考证了。那些年月里的高大娘有着足以与瞎二爷比肩的威望，她唱《补背褡》《告粮官》，也唱《打猪草》和《纺棉纱》。高大娘唱的是花腔，但记忆里，她一直没唱过黄梅戏的经典曲目：《天仙配》和《女驸马》。而《天仙配》和《女驸马》，最适合于花腔。

妹妹去安庆之后，很长一段时间，我对黄梅戏依然一知半解。尽管在此之前，黄梅戏已经进入了牌楼和我的个人世界。村里许多人都会唱黄梅戏，连外来的小媳妇，渐渐也学会了甩一甩并不存在的长袖，粗壮的腰肢，在黄梅腔里吃力地压了下来。寒冬腊月的时候、夏夜纳凉的时候，一个村子都飘荡着声调不一的黄梅腔。男人唱"主调"，女人唱"花腔"。瞎二爷最是本事，他居然能提着嗓子，唱下整曲《牛郎织女》，而且操的是"仙腔"和"还魂腔"。瞎二爷七十大寿的时候，在高大娘的指导下，大姑娘和小媳妇们专门排了一场黄梅戏，三个人负责演奏打击乐器（一个大锣、一个小锣和一面牛皮鼓）并参加帮腔，另外七个人则专门演唱（我后来才知道，这就是黄梅戏“三打七唱”）。歌词据说是高大娘自己编的，但具体唱了些什么我已经记不确了，只有这么几句我现在还能哼唱——曲调套用的是现代戏《春暖花开》：

“古稀二爷热心肠——啊！热心肠，恩情乡亲记心上——啊！记心上；古稀二爷过大寿——啊！过大寿，全村老少喜欲狂——啊！喜欲狂……”

每次哼出这几句，我都会想起那个夜晚：瞎二爷眯着眼睛，两只手合打着节拍，全世界的幸福都堆在他盘根错节的脸上（愿瞎二爷在天堂安息）；母亲、五婶以及满面红光的高大娘彼此手牵着手，一个个热泪盈眶……在这样的遥想里沉湎，我是幸福的，每次，我都感觉到灵魂的震颤。它让我感到，隐匿的乡村，许多事情就这样“在着”，你不知道，不了解，并不代表它们就不在。正是这一点使世界像个巨大的迷宫，世界“在着”，“在”得神秘莫测，“在”得意味深长，同时也使我们产生出一种好好活下去的良好愿望，以便更好地了解它。

对黄梅戏的真正入迷是后来的事情了，那时候，妹妹已经回到了牌楼。她终于没能承担起村民们的重托尤其是高大娘赴死般的热情与厚望。进了黄梅戏剧团的妹妹忽然发现，较之“凄凄、惨惨、切切”的“宫、商、角、徵、羽”，自己更加热爱载歌载舞的费翔。这年春节晚会，那个漂亮的混血儿点燃了冬天里的一把火，于是，黄梅戏剧团里的一个花腔演员说起了梦话。好在妹妹的梦话到牌楼就戛然而止了，重新背起书包的妹妹很快就意识到，从小村牌楼到美国好莱坞的道路，比思念还长。

妹妹的任性，使她最终没能成为一名黄梅戏演员，遗憾的是，一直到今天，她也没真正见过一次费翔。但妹妹的出格之举并没有因此被大家所忽略，尤其是高大娘，一直到她临终之前，妹妹依然没能得到她的原谅。高大娘上气接不住下气地数落着妹妹，“你、你、你，唱、唱黄梅戏啊！”。命悬一口气的高大娘一面诅咒着我的妹妹，一面哀怨地逼视着我的母亲。在高大娘哀怨的眼神里，母亲终于忆起那个差点儿成为节日的日子，以及高大娘说过的那句话。醒悟过来的母亲浑身颤抖，然而当她吞吞吐吐地说出高大娘的愿望时，居然得到了大家的一致同意。这个惊世骇俗的提议让海佬紧张得无以复加，几乎要先高大娘而死。好在那时候牌楼已经有了磁带和录音机，于是，在高大娘幽暗的卧室里，死亡的气息如黄昏起落的蝙蝠，和余音绕梁的黄梅戏回旋在一起。

《天仙配》一曲终了，高大娘便咽了气。

那是我第一次在葬礼上听见黄梅戏，也是迄今为止唯一的一次。

高大娘的过世终结了小村牌楼的一个时代。而高大娘逼仄的棺木，也使大家进一步意识到，和唱黄梅戏相比，谋求一口豪华的棺木显然更为具体与实际。如果没有录音机和磁带，很难想象，高大娘的葬礼会糟糕成什么样子。

录音机和磁带的出现，影响了人们歌唱的方式，并彻底改变了人们对口口相传这个说法的信任与依赖。毫无疑问，即便是在小村牌楼这个巴掌大的世界上，人们也开始相信，最动人的音乐应该由磁带来流传，真正的永恒只能借助于磁带而存在。因此，当录音机里的《女驸马》响彻小村的时候，所有的人都成了哑巴，浩荡的自卑与没有出路的自怜像受惊的乌鸦，黑压压地飞升了起来。与磁带里发出的美妙音乐相比，人们终于发现，瞎二爷唱的《牛郎织女》居然有一半都不着调，而高大娘和海佬的黄梅腔也就那么回事……说到底，录音机是一个世界，而牌楼，是另一个世界。只不过录音机这个世界被世界外面的人贴上了标签，而牌楼这个世界，已经被外面的那个世界给忘了。

这样的事情外面的那个世界见得太多了，文明系统和话语系统的持有者都属于外面的那个世界。那个世界的人都是严格的排除论者，在他们的眼里，世界只能是他们规划好的那个样子，规划外的一切，都只能被遮蔽，或者是掩埋。

如果高大娘还活着，我相信，这个没有名字的享年不详的老人，一定会再死一次。

世界“在着”，并将继续存在，但盲诗人荷马已不复存在。

农　事　诗

锄　禾

在乡下，锄是再朴实不过的农具。而在所有的农具中，锄也最早见诸于诗歌——锄禾日当午，汗滴禾下土——可见有着两千多年沿革的锄很早就出现于先人们的生活，并引起了先人们的高度关注。

锄，从金（铁），从助。意思是锄是铁做的，用以帮助人们生产与生活。两千多年来，锄确实一直是农人们最忠实的伙伴，去乡下看看，家家户户都会有几把磨得铿亮的锄，摆得齐匝匝的，靠在门后。请人做活，被请的人也往往要带上自己的锄，倒不是东家的锄不够，而是自己的锄用得顺手。农人对锄的感情大约仅次于耕牛，但耕牛是活物，要吃要喝要伺候，不如锄没有丝毫要求。小时候在乡下，我是用过锄的，不是锄禾，而是松土。虽一样是锄，但锄禾与松土却各有各的讲究，锄禾要的是位置适中，去除杂草，还不能锄到了禾；而松土要的是到边到拐，深浅适度，深了有害，浅了无益。因此，锄禾自然就不是我能胜任的，常常锄不去杂草，还锄伤了禾。是的，伤！这个字眼用在这样的地方，我在牌楼之外再也没有听说过。但牌楼的老人常常使用这样的字眼，这样的字眼也使我对锄禾充满了畏惧。锄禾也因此成了大人的专利，小孩子至多是在一旁学，怎么握锄，怎么才能用锄锋准确地锄去禾边的杂草。

二哥是把锄禾的好手，看他手不稍歇，一步一锄，锄锄命中，从未失手。在夕阳的余光里看他锄，简直是一种莫大的享受。放假的时候，我自然只有松土的份，但二哥优美的身资，让我也很想锄一锄禾。大人不在时，我便偷着锄，慢慢地小心地锄，但就是再小心，还是会锄伤到禾。锄伤了禾，心里多少是有些害怕的，就又偷偷地扶好被我锄伤的禾，像什么事情也没有发生，但第二天，禾就恹了，事情迅速败露……二哥说，你还没有锄头高呢，等你长到锄头一般高，就能锄禾了。我欣喜若狂，趁家里无人，就偷偷地拿锄比照自己的身高，但那样的年月，我的身高始终长不过家里的锄头。说来令人难以置信，我第一次用来比照自己身高的，竟是农家一把普通的锄。

真长到锄头高的时候，我却再也没有机会去锄禾。往乡下去，“锄禾日当午”的场景偶尔还能见到，锄的亮色在慢慢的起落间闪现，禾的长势却是恹恹的，不是太好。仔细看，就渐渐地看出了端倪，锄禾的青年人中年人已经很少了，老年人最常见。于是在这样的场景里渐渐明白：那些乡下的锄禾的时光并没有远走，禾和锄都在，只不过，一个在田里，一个在门后。

收　割

需要收割的是中稻、油菜或麦子。

收割的时候，学校照例是要放“忙假”的，不光是学生需要回家帮忙，老师自己也要回家忙“双抢”。农人忙活了大半年，最紧要的活计就是“双抢”：抢收、抢种。误了农时，再好的庄稼也是白忙，种子下地和谷黄开镰都是有讲究的，错过了时机，也就错过了收成。

于是收割。讲究的农家甚至会翻翻老皇历，选一个黄道吉日，开镰，做糯米粑粑。开镰都是清晨，天麻麻亮，小村牌楼已经亮起了盏盏灯火，炊烟袅娜着，香喷喷的，蒸着一锅早已准备好的糯米粑粑。农人的兴奋溢于言表，路上遇见了，就是平素不怎么搭腔的，这时候也会招呼一声：“割了？”“割了！”简洁的问答里常常藏着收成，雀跃的步子里大多含着兴奋。也难怪农人兴奋，一年忙到头，终于盼来了收成，讨媳妇的人家更是日也盼夜也盼，等收割了，就能把邻村的妹子娶进门。收割的镰前天就磨好了，添人进口的人家还要跑到破罡街上的铁匠铺，提前预订一把。钱多钱少都无所谓了，很少有人讨价还价，收割是大事，误了农事可不是好玩的。

二哥会磨镰，快到收割时，家家户户的镰都标上了记号，陆陆续续地送来了。二哥磨镰非常专心，他显然也把磨镰看成了一种乐事。二哥磨镰有讲究，他喜欢在门前的稻场上磨镰，一面抬出已经磨凹的磨刀石，一面大呼小叫：“磨了啊，磨镰了啊……”于是就磨。我那时还小，常常粘在二哥的身后，看一把把锈迹斑斑的镰在二哥的手里变得寒光赫赫，照得见人影。磨过的镰有着锋利的锯齿，三下五除二，就能把一把把稻子、一把把油菜、一把把麦子割在手心。由于镰刃过于锋利，初割的人往往会割破自己的手指，“双抢”时，割破手指的事情时有发生，我至今还残缺一点儿的小拇指，就是新镰闯下的祸。大约是经常发生、稀松平常的缘故，在牌楼，割破手指还有一个“杀鸡”的戏称。在老一辈牌楼人的传统里，开镰是要杀鸡的，一是为了喜庆，二是收割辛苦，也确实需要补补身子。但杀鸡毕竟不是家家户户都舍得做的事情，鸡是“农民的银行”呢，维系着儿子的书本费，女儿的红头绳。割破手指也是见血，见血就是喜庆，于是被冠以“杀鸡”之称。小孩子自然不明白其间的道理，血一出来人就哭出了声，二哥就站在我的身边，嘴里“哎哟哎哟”的，眉目间却堆满了笑容。

二哥的笑容后来一直烙在我的心里，起先很是不解，长大之后，终于懂了辍学务农的二哥。再后来，我离开了牌楼，在城里工作，每次回首那些收割的清晨，最清晰的记忆，竟就是那一刻，二哥站在田间，单薄的身子，含泪的笑容……

车　　水

自然是夏天了。久旱无雨，田里的秧苗正在泛青，水自然必不可少，二哥说，该车水了。

于是就车水。是自制的水车，长的有八米，短的也有三米左右。长有长的好处，短有短的用途。需要车水的田都在高冈上，路都不好走，要把水车弄到田里，很有一番讲究。劲大的未必就能一肩扛了去，矮小的男子，有时也能一个人扛了就走。大强就是个矮个子，但他的水车扛得顺溜，看他走在埂上，八米长的水车像粘上他的肩，前后都不打晃的。二哥是要人抬的，我个子矮在前，二哥个子高在后。这样的组合其实更不利于行走，一个人歪了，另一个人便要使上十二分的力气，免得水车闪了人腰。第一次抬水车，我掌握不好节奏，自顾自地走在前头，却不知道后面的二哥看不见田埂，几乎是被我拉着一步步在走。遇见一个田缺（我们那叫田沟），我跳了过去，二哥一下子被我甩在身后，水车自然是脱肩了，二哥本能地伸手去够，摔坏了水车，就等于摔坏了秧苗。二哥就是在这时闪了一下腰。

二哥是家里的劳动力。那一年，家里的中稻严重歉收。

还是说车水。车水也有讲究。熟练的农人一个人车，双手齐发，滴水不漏。我常打二哥的下手，倒不是二哥不熟，而是二哥力气不够。水车要沉到塘里，沉的位置还要有一定的深度，浅了，车一会儿，水车就露了头；深了，水车又灌得满满的，耗力，车一会儿就要换手。水车的深浅常耗去太多的功夫，秧苗却等不得，往往一口小塘，就有七八架水车同时在车，车着车着，车就露了头。月黑风高的夜里，等水的秧田是要连夜车水的，田埂上却不见人，只有“咿呀”的水车在高声欢歌。无法可想的人家便只有偷，听得歌声歇了，就摸进了自家的田里，从隔壁的田里放一点儿来滋润自家的秧苗。二哥那年闪了腰，车水不方便，也只好去偷，不料想，邻家的警惕性已经提得很高了，二哥前脚刚放水，邻家的手电就亮了。争吵便必不可少，二哥脾气坏，又不肯认错，邻家直接对二哥动了手。二哥力气弱，又闪了腰，连招架的功夫都没有，实实在在地吃了一次哑巴亏。许多年之后，二哥身上的陈年旧伤还常常发作。那一年，十七岁的二哥刚刚辍学。

二哥后来还有过上学的念头，“还是念书好啊……”那时候，他已经是家里的劳动力了，一边说，一边摇头苦笑。

犁　铧

在农家，犁铧同样必不可少。没有犁铧的农家几乎就不是真正的农家，向人家借，借是借了，却少不得要惹来一顿嘲笑。

开春的时候，犁铧就得隆重登场了。细心的农家还要把犁铧拿出去晒晒，不是晒霉，而是要让犁铧在下田之前见一见阳光。再细心一点儿的，就是擦拭了，擦拭的部位是犁铧的尖头。陈年的旧迹是不吉利的，犁上的泥土万不可有。我那时还小，这样的举动自然不明白有什么讲究，但二哥却照做不误，日里晒，夜里摸。

犁铧的重量沉得磕手，小孩子根本弄不走。肩上扛犁铧，手里牵耕牛的景象常常出现在早春的午后，燕子来时雨也来，微凉的细雨就翻飞在早春的田畴。二哥站在细雨里犁田，浑身很快就湿了。母亲唤我送斗笠，近了，才知道细雨里只有二哥和耕牛。空荡荡的田野里，人家的稻田早已经犁过了。二哥赤着脚，走在耕牛之后，走在犁铧之后，裤腿挽得老高。我却是穿了靴子，打着伞的，而手里送给二哥的斗笠已经被雨淋湿了。在这样的雨里站着犹觉着冷，但锃亮的犁铧却温暖着二哥，那是二哥第一次犁田，对于一个农人来说，第一次犁田是一个标志性事件。犁铧掀起的浊浪像起伏的麦子，扑打着春天的田畴，同时扑打的还有辍学务农的二哥。我对于犁铧的最深刻的印象正是这个有雨的早春午后，锃亮的犁铧在水中穿梭，它掀起的不仅是泥土，还有一个少年汹涌的忧愁。这样的忧愁一直潜伏至经年之后，潜伏至那些伏案劳作的夜里，回望乡村的时候。乡村虽是远影，但四季里的农事却一直未曾远去，它重复着同样的农时，重复着同样的耕耘与收获。它属于二哥，属于父辈，属于广袤的原野上，那些经年劳作的乡亲父老。这样的概念一如犁铧，沉甸甸地犁开春天的沃野，沉甸甸地犁开往返的农事。

是的，犁铧开处，野上打开又一季农事。

爱着你的苦难

我小时候是个顽皮的孩子，打架仿佛是我的家常便饭，一天不“吃”就饿得慌，尽管我为此付出了惨重的代价——正是那些岁月里留下的暗伤，持久地阻碍着我的拔节，像是一株正要抽穗的麦子，突然遭遇灭顶的寒霜。父亲为此伤透了脑筋，但父亲和所有人一样，对我无计可施，无法可想。父亲世代务农，到了我们这一代，曙光乍现，光宗耀祖的希望就在不远的前方。而我偏偏又这么顽皮，父亲怎能不伤心呢？父亲的伤心无以复加！

那个秋天的黄昏，我又在放学的路上挑衅了干林。干林比我高一个头，要是不读书，其实已经是个劳动力了，他仗着自己身高体壮，时常欺负班上的男孩子和村里的女孩子，我很早就看不惯他的做法，早就想找他干一架。那天黄昏，我故意拿起一块石头，从背后准确无误地掷中了他。那是一块很小很小的石头，几乎产生不了痛感，但战争还是一触即发。干林，这个早熟的劳动力，他比我更需要一场真正的战争，并在一场真正的战争里确立自己的地位和威信。干林果然笑眯眯地放下了书包……那一次，我在自己的挑衅里吃了大亏，嘴唇出血，牙齿掉了两颗，胳膊和背部大面积挫伤……尚武的干林将我当成了一次试验场，他把自己剽学的功夫全都使了出来，如果不是一位好心的老人出面阻拦，那个黄昏，干林肯定成了杀人犯。

到家的时候，天已经黑透了。这一回，早已对我失望之极的父亲终于勃然大怒，他操起准备好的拖把，向我挥了过来，我虽然受了伤但反应却是敏捷的，只一闪，父亲的拖把就挥到了天上。父亲的怒火愈加烈了，他冲了过来，我再次敏捷地夺门而出，逃进了田畈。父亲暴怒的脚步一直追在我的身后，可那时候的父亲毕竟已经年届半百，而且虚胖，所以一直没有把我追上。我原以为，父亲大概也只是做做样子，吓唬吓唬我罢了，谁知道父亲竟然不达目的不罢休，他一直追了两三里。

那个浓如墨汁的夜晚，我终于领教到了父亲的固执，现在想来，在这一点上，我和父亲多么相像——暴烈、固执、冥顽不化。跑了两三里地之后，脚下已经没有了熟悉的道路，然而身后的父亲还在追赶，他呼呼地喘着粗气，像牛在喷着响鼻，这种明显是从胸腔里喷发出来的声音，一下子把我击垮了，我呆呆地站在原地，等待着父亲愤怒的拖把。

追赶上来的父亲果然挥了过来，拖把裹挟着暗夜里的风，发出沉闷的响声。寂静的夜里，这沉闷的一声宛如平地起惊雷，父亲愣住了，他停了下来，似乎是想摸摸我，手停在半空，试探着，嘴里喊着我的乳名。我们站立的地方是一道灌溉渠，试探的父亲突然失去了平衡，他一个趔趄，一头扎了进去。渠里的水大约齐腰深，我听见父亲在水里挣扎，像一条牛，水花溅了我一身。我的大脑一片空白，自始至终，我都没有伸手拉一把父亲。落水之后的父亲挣扎在长久的绝望里，他不是跌进了一道灌溉渠，而是跌进了暮年。那一次有惊无险的落水的经历，在我的时间概念里前后不到十分钟，然而在父亲那里，仿佛大半生。

最后，父亲终于爬了上来，我能感觉到父亲的颤抖，他独自转上了回家的路，甚至连拖把都没有要。我默默地跟在父亲的身后，小小的心脏几乎要蹦出来。我知道自己已经闯下了大祸，不是因为干林，而是因为父亲。我不知道回家之后，等着自己的会是什么样的惩罚，但我知道，我必须跟着父亲，回家。

走到村口的时候，我听见了父亲的呜咽，他压抑着，声音沙哑而苍老，像一块破碎的抹布，被风席卷在空中。这是我第一次听见父亲的哭声，很久之后母亲才告诉我，父亲这一生，只哭过有限的几次，每一次，都因为失去了一位亲人。今天想来，父亲的呜咽里不止是绝望，也不止是心痛，更多的其实是失去。

那个秋夜之后，父亲再也没有惩罚过我，即便家里只有我们两个人，面对面地坐着，他也绝不会开口找我说话，他甚至不再过问我的学业，仿佛我只是家里的一个碍眼的物件，可有，当然也可无。也是从那时候开始，父亲爱上了麻将，他几乎把所有的时间，都耗在了麻将桌上。

过度的精力消耗和身体透支，严重损害着父亲的健康，他时常失眠、健忘，虚胖的脸上常年滚满虚汗。那时候的父亲刚刚站上五十岁的门槛，可五十岁的父亲已经鬓发花白，他在一个人的岁月里提前衰老，仿佛全世界的创伤，全都背负在他一个人的肩上。那段黯淡的岁月，父亲像一只逃离洞穴的受伤的兽，他只能潜伏在麻将桌上，疗救自己的深重的伤口。那时候，没人理解父亲的赌，在村人的谈资里，父亲是个无可救药的疯狂的赌徒。

我好像一夜之间就长大了，再也没有主动肇事，人若不犯我，我绝不犯人。然而父亲，似乎并没有意识到我的变化，他依然不太和我说话，也很少主动索看我的成绩单。父亲的沉默像屋后绵延的巢山，我时时刻刻都能感受到来自父亲的威压，这是一种无言的惩罚，在相当长的一段时间里，我对父亲有一种源自灵魂深处的畏惧感。在和父亲的长久的对峙里，我也成了一个沉默寡言的人，越来越不愿意和人说话。那时候，我已经清楚地知道，那个秋夜的伤害，一直烙在父亲的心上，他因为无法接受，所以迟迟不肯原谅。他只有夜以继日地沉湎于麻将，他寄希望于彻底的神经麻痹，慰藉内心深处的创伤。我不知道如何消解一个父亲对亲生儿子的仇恨，对未来的茫然与无知，以及日渐深重的自卑感，使我的那段青春岁月几乎暗无天日，就像一个不慎溺水的人，始终无法泅渡上岸。

父亲对赌博的热爱，终于拖垮了殷实的家境，此后连续几年，每年除夕，都有债主来拍我家的门。我清楚地记得，某年的除夕之夜，村里的一个孩子，我的小学同学，竟然也成了父亲的债主，简直令我难以置信。他响亮地拍着桌子，冲父亲吆喝着，甚至直呼父亲的大名！而父亲，只是耷拉着花白的脑袋，像个犯了错的孩子，始终没有吭声。我的同学，他太过分了，这揪心的一幕，让我无地自容。一段短暂的沉默之后，我终于冲了上去，手里握着板凳。在父亲的惊愕和母亲的惊叫里，小债主幸运地躲过了一劫，他远远地绕开了我，慢慢地退出了我家的后门。记忆里，他是唯一大年三十讨债无果的人，在我们那里，大年三十，绝不会有空手而归的债主，倘使空手而归，来年债主的家门，多半会破财，或者是受灾。这当然是一种迷信的说法，然而信的人多了，慢慢的，迷信也就成了真。

那个除夕之夜，家里始终弥漫着悲伤的气氛，尽管我们想尽了办法，轮流敬酒，背《三字经》，唱黄梅戏，但父亲还是心思重重。那个不懂事的小债主，他过激的言行，极大地伤害了父亲的自尊。整场夜宴，父亲的眼圈始终是红的，他潦草地结束了自己的年夜饭，联欢晚会还没有开始，父亲就独自爬上了床。这是我们家唯一一个没有麻将声的除夕夜，父亲以这种方式，宣告一个时代的终结。他甚至有了卧薪尝胆、发奋图强的意思，然而，那时候的父亲已经老了，他已无法自食其力，至于挣钱还债，他已心有余而力不足！

贫寒的家境包围着我漫长的青春，从初中到高中，再到大学，我的学费一直是父亲不得不破解的最大的困境。高三那个学年，因为拖欠学费，我在校园之外游荡了半个学期！

那些年，父亲究竟在外面欠了多少债，我其实一无所知，一直在我参加工作五年之后，父亲还欠贵池的一位朋友两千块。这是我为父亲还清的唯一的一笔外债，似乎也是父亲的最后的一笔，而那时候的父亲，已经六十五岁！父亲的晚年，一直在还债中生活，我无法想象这样的日子，如果将父亲换成我，我不知道自己还能不能像父亲一样，旷达而乐观——晚年的父亲终于参透了人世，他用自己尊严的后半生，弥补对母亲和我们的亏欠，父亲确实做到了，他在漫长而苦难的光阴里，终于慢慢地战胜了自己！我不知道父亲的动力究竟来自于何处，是那个除夕之夜，还是因为我终于考上了大学？也或者，两者兼而有之？

许多年过去，我一直没有问过父亲——我相信，那一定是父亲的一个秘密，父亲也一定不愿意再次提起。

但我深切地爱着父亲的后半生，他苦难的后半生，显示着人世的酷烈与寒凉，我已不忍细细叙述。

晚年的父亲依旧沉默寡言，偶尔受人邀请，也会在麻将桌上短暂地小坐，要是输掉超过十块钱，会长久地自责与心痛。

漫长的光阴，终于消蚀了我对父亲的畏惧，而我，也已经娶妻生子，成为一个丈夫和父亲。我终于感知到了那种流淌在血脉里的亲情，那是一种舍生忘死、奋不顾身的力量，一种欲罢不能的怜惜与心痛，于是也真切地理解了固执的父亲。

在我和父亲之间，始终横亘着一座山，这座山，我们共同翻越了二十多年。二十多年之后，我们又重新回到了起点，现在的山顶，一眼望不到尽头，像一段茫然无际的岁月。我不知道父亲还能翻越多久，他其实已经累了，但他对我的表现，从一开始就感到不满，他总是一厢情愿地认为，我还能做得更好一些。我不知道父亲对我的厚望究竟从何而来，他的厚望过于盲目，过于乐观，近乎不切实际。但这就是父亲，他已经固执了七十五年，并将继续固执下去。

天下的父亲，其实大体上都是相似的，他们爱着自己的儿女，希望儿女们能够全方位地超越自己。而我的父亲，他对儿女们的要求过于严苛，甚至不惜伤害自己。父亲，大名江友正，一个不算标准的中国农民，他读过两年私塾，会写一手漂亮的毛笔字，现在也会用手机。如此而已。仅此而已。

然而，我是那么深切地爱着他——他的严苛、沉默和悲凉，还有那岁月一样深长的苦难！

远去的剃头挑子

20世纪80年代的乡下，活跃着一批担着挑子专门给人剃头的手艺人。那时候，每一座村庄都有一个专门的剃头师傅，久而久之，剃头师傅之间便形成了一个共识，只在自己负责的村子混饭吃，绝不染指其他人的地盘。给牌楼剃头的，是一位年过半百的老师傅，大名胡福来。看到他的挑子远远地进了牌楼，大家就喊：“胡福来来了！”那个多出来的“来”字有些拗口，慢慢地，牌楼人就给胡福来改了名字。胡福来不叫“胡福来”了，叫“胡福”。“胡福来来了”也就变成“胡福来了”，福字和来字中间有一个短暂的停顿。胡福先是一愣，很快就明白了其中的究竟。明白过来的胡福并不较真，黝黑的脸上堆着老好人的笑。

胡福个子不高，印象里，至多也就一米六左右。但他的儿子却毛竹似的，“噌噌噌”，长到将近一米八。胡福每次来，总要带着这个毛竹似的儿子，让儿子跟着自己学。但胡福剃头的时候，儿子总是蹲得远远的，无所事事地摆弄着地上的落叶和树枝，或者想方设法地阻止列队搬家的蚂蚁……一开始，大家以为毛竹光长个子没长脑子，也就是孬子，渐渐地大家才发现，毛竹其实一点儿都不孬，只是和胡福一样不喜欢说话。胡福虽然不喜欢说话，手艺却无可挑剔，尤其是修眉毛。胡福修过的眉毛不像是修出来的，像是画出来的。这是胡福祖传的绝活，只有那些上了年纪的老人和即将出嫁的大姑娘，才有资格舒舒服服地靠在椅子上，请胡福赏脸露一手。这又要说到另一个不成文的规矩了。手艺人大多有些绝活，剃头师傅也不例外。在唐庄剃头的朱师傅，绝活是剃婴孩的毛头。婴孩的毛头是很难剃的，只有老师傅才敢动手。婴孩畏惧于冰冷的剃刀，又不明所以，时常大哭大闹，但朱师傅却能一只手稳住婴孩的脑袋，另一只手飞快地游走着剃刀。看着一缕缕乌黑的头发纷纷飘落，那个被稳住脑袋的婴孩居然不哭也不闹，片刻之后，婴孩的模样就变了……因为有了这些绝活，剃头这门手艺通常只是传后。外姓人如果想拜师，那必得先入赘，做师傅的上门女婿。

毛竹是胡福老来得的子。上面梯田似的，码着四个姐姐，毛竹是老幺，胡福心里宝贝着，便想将手艺传给这个经常旷课最终主动辍学的小儿子。谁知道毛竹根本不买老子的账，让他跟着也愿意跟着，但跟着归跟着，就是不学。于是，胡福剃头的时候，胡福忙胡福的，毛竹玩毛竹的。

乡下，无非就是花花草草，无非就是飞禽走兽。毛竹所谓的“玩”，其实就是闲极无聊，打发时间，自己给自己找乐子而已。毛竹玩得太专注了，专注的毛竹，看上去就是一个孬子。孬子一样的毛竹让胡福的气不打一处来，他停下手中的活计，从外围悄悄地包抄过去，出其不意地扇儿子几大耳光，边打还边骂：“打死你个不争气的！”儿子从来没有还过手，他摸着脸，低着头，飞快地闪到一边，倔强地看着愤怒的老子。不还手的儿子赢得了大家的无限好感，大家便七嘴八舌地数落着胡福，这个说："这孩子多乖啊！你怎么舍得打？"那个说："不学就不学，还愁吃不饱饭么？"如此等等。村民们无原则的吹捧，让胡福一面生气，一面窃喜，出来剃头，依旧带着那个"不争气的"。

既然还带着，就得有个说法，于是胡福就让儿子专门给自己挑挑子，挑到地方之后，依旧是胡福忙胡福的，毛竹玩毛竹的。渐渐地大家也就看穿了胡福的心思，这是胡福变着法子在给儿子补身体。手艺人，吃的是百家饭，乡里乡亲的，谁家也不少那几碗。看穿了大家也不好说破，多一个毛竹，无非是再添一双筷子。毛竹吃饭从来不坐桌子，他饭量大，每顿必得两大海碗。饭时，毛竹直接从主妇手里接过碗，红的红，绿的绿，高高地码到了碗口。接过碗的毛竹响亮地咽着唾沫，走到门外，一仰头，几乎直接倒下去，仿佛喉咙下面接着一个漏斗。毛竹的吃相令人瞠目，每到饭点，总有人悄悄地蛰伏在远处，或偷窥，或围观。再看胡福，却在桌子上抿着小酒，抿一口酒，吃很少的菜。

父亲每次劝菜，胡福都心不在焉地看向门外。门外，毛竹正如饥似渴地端着海碗。胡福心里过意不去，嘴上却不好说。

母亲喜欢红烧鲫鱼。每次给毛竹夹菜，胡福都不放心地盯着母亲手中的筷子："不要鱼。他不吃鱼。"毛竹的漏斗也是肉做的，鲫鱼多刺，直接倒进去是一件很危险的事。毛竹不说话，脸红着。

每次忆及这一幕，我的眼前总会浮起胡福那张黝黑的脸。他的谦恭近乎卑微，既酸楚，又可怜。

剃头成为一个行业，是从清朝开始的。老北京歇后语说"剃头挑子一头热"，是说挑子的一头放着凳子和各式各样的剃头工具，这是冷的一头；另一头是个长圆笼，里面放一个小火炉子，火炉上面还有一个盛水的广口黄铜盆，这就是热的一头。

我没有见过这样的挑子。在我的乡下，走村串户的剃头师傅是不需要带炉子的，无论到谁家剃头，灶上都烧着现成的热水，“突突，突突突”。那剃头挑子的两头都挑着些什么呢？一头还是剃头用的工具箱，上下两层，两个盒子都不大。讲究一些的师傅，工具箱还要上锁，一个简便的铁搭扣，更精致一些的，比如胡福的工具箱，就挂着一把月牙型的小铜锁；另一头是一只红彤彤的塑料水桶。为什么要挑塑料水桶呢？

每年腊月，是剃头师傅们最忙的时候。在传统的习俗里，迎新年都要剃头，而在元宵节之前，又不能剃头，因此，腊月里的剃头师傅时常要起早贪黑，才能保证每个人都能在过年前剃完头。师傅们这时候也乐得辛苦，一年忙到头，“剃头钱”要按人头收。这又是乡下一条不成文的规矩，再穷，“剃头钱”也要付给剃头师傅。剃头钱也是债，是债，就不能跨过腊月三十。牌楼人的老话说：“欠一天，穷一年。”剃头其实很便宜，一个大人一年不超过十块钱，娃娃头（牌楼人叫“锅铲头”），只要两块。然而，谁家都有急事，遇上那种一穷二白的春节，只好以物抵债，给米面，给鸡蛋，给腌制好的鸡、鹅或者鸭。这些抵债的日用品，师傅们也乐意接受，欢天喜地地接过去，一层层地码在红彤彤的塑料水桶里。一趟收下来，年货都齐了，手头还能节余一些零碎的闲钱。一个手艺人，还图什么呢？乡下人，小富即安，知足了！

因此，快到春节的时候，胡福时常独自拎着轻便的工具箱，瘦高的毛竹扛着装有鸡鸭鹅的塑料水桶，一步一颠地走过牌楼的黄昏。这对悬殊的父子各怀各的心思，骂过，打过，也发过毒誓，像一对冤家，到头来，终究离不开彼此。“饿死鬼”投胎的毛竹跟屁虫一样在父亲的屁股后面转了好几年，除了吃遍整个牌楼，他始终不肯传承父亲的手艺。当然，这是后话了。

1990年，我在长江北岸的一座小镇读高中。当时小镇已经有了一家“现代化”的理发店，理发店的门楼上挂着醒目的招牌，“靓丽发廊”，店门口还杵着一根一米多高的霓虹立柱，“靓丽”转过来，“发廊”转过去，螺旋式上升，令人目炫。店里的理发师是个矮胖的年轻人，顶着乱蓬蓬的栗色的头发，咬着烟，晃来晃去，像一只觅食的火鸡。令我难以忘怀的，是发廊里循环播放的流行音乐：《读你》《再回首》《大约在冬季》《遇上你是我的缘》《明天你是否依然爱我》《一无所有》《少年壮志不言愁》……每一次路过，我都会下意识地放慢自己的脚步，当真是余音绕梁，三月不知肉味啊！今天想来，正是这家我从来没有进去过的“靓丽发廊”，让我记住并喜欢上了这些老歌。

和“靓丽发廊”比起来，生意真正火爆的，却是中学门口的一家小理发店，小镇居民、学生和老师是最主要的客源。理发店的门脸并不大，没有招牌，只在铁皮门上喷着两行六个歪歪斜斜的大字：改变 从头开始。在旧作《1990年的乡下小镇》里，我写过这家理发店和理发师许小雪，其中有这样一段描写：

> 理发店里的招贴画，来自省会合肥的一所美容美发学校，据说许小雪自己就是这个学校结业的。这些我们从来没见过的招贴画哗啦啦地向我们打开了另一个世界，另一个世界里有栗色的、火红色的、金黄色的头发，还有我们当时谁也不认识的周润发、张曼玉、王祖贤和林青霞……

改变，从头开始。许小雪先是慢条斯理地洗头，然后是慢条斯理地修剪、吹风，再然后，许小雪还要在你的头部轻柔地按摩几分钟。躺在转椅上的那个人第一次成为“上帝”，简直不敢相信。几乎无所适从。当“上帝”的屁股恋恋不舍地离开那座转椅，整个人从头到脚都变了，神清气爽，焕然一新。这样一套完全有别于走村串巷的剃头师傅的做法，让年轻而清纯的许小雪成了一个明星。因为许小雪，宁静的小镇啸聚着一群又一群不良少年。他们围着许小雪打转，相互争风吃醋，于是约架、决斗、群殴。最终，一个月黑风高的夜晚，他们结伴捣毁了许小雪的理发店。

许小雪关门歇业之后，小镇上又新开了两家灯火通明的发廊，几乎与此同时，破罡街上也出现了第一家发廊。这些发廊在让人耳目一新的同时，也让剃头挑子渐渐失去了市场。剃头挑子究竟销声匿迹于哪一年，没有人能够说得清，除了那些无可奈何的剃头师傅，估计也没有人觉得这是一件值得拿出来说说的事情。当“日出而作，日落而息”的乡亲们，终于有闲钱去破罡街上的“改美理发”理发时，一个属于胡福的时代，无可逆转地谢幕了。

胡福，那个领着毛竹走村串巷的老人，在新世纪前夕含恨离世。老人离世时，竟没能等来自己唯一的儿子。他白天等，晚上等。他等啊，等啊，悬着一口令人揪心的长气。

作孽啊！胡福的悲凉遭遇让牌楼人异常愤怒。儿子不给老子送终，这是牌楼人眼里的“大不孝”，男女老少都能指着鼻子骂的。但杳无音讯的毛竹听不到乡亲们的骂声，即便是听到了，大约也会报以几声冷笑。婚后的毛竹长时间无所事事，他既不肯传承父亲的手艺，又不安心做一个面朝黄土背朝天的庄稼人。牌楼人的老话说：“惯子不孝，肥田出瘪稻。”看着儿子坐吃山空、孙女嗷嗷待哺，愁肠百结的胡福终于忧思成疾，一病不起。胡福一倒，毛竹原本应该侍奉在侧，尽人子之孝，但他竟然不辞而别，净身出户，连老婆都不知道他去了何处。在很久很久之后的传说里，那几年，毛竹先去了浙江，后远走云南，最终在广东犯了事。敲诈勒索，飞车抢夺，传说里的毛竹无恶不作。

如今，将近二十年过去，牌楼人再也没有毛竹的消息，毛竹就算出来了，估计也不敢再回牌楼。久违的牌楼早已物是人非。胡福留给儿子的那栋两层小楼，多少年了，始终“铁将军”把门，门槛石都老了，灰尘积了一尺厚。

在漫长的岁月里，许多物事都悄悄改变了它们原初的样子。

父亲的头发少而短，很好剃。父亲也从不挑剔理发师的手艺，他唯一的要求，就是“找个年纪大一点儿的男师傅”。坐在躺椅上任人摆布脑袋的时候，我不知道父亲是否想起过胡福，应该是想过的，每次，当他蹒跚着脚步，走出音响震耳欲聋的理发店时，总要深长地嘘出一口气。看着父亲的满头白发，我总会忆起那个死不瞑目的老人——夕阳西下，梧桐树纷披万道金光。余晖里的老人像父亲一样将我搂在怀里，一面给我剃“锅铲头”，一面和我说小时候的毛竹，各种顽劣，行迹不堪……往事历历在目，我竟已是中年。和故乡一样，那些剃着“锅铲头”的牌楼的岁月，我是再也回不去了。它们百折千回，剪不断，理还乱，在梦里。

对峙一匹狼

那一年的雪比哪一年都大。纷飞的雪花像我盖的被子，随手扯一下，就是一团一团的絮子。“这要下到哪天呢？”灶屋里传来父亲的声音，紧接着，就听见门扉“吱呀”的一声。父亲是我们的守护神，每天晚上，父亲总是最后一个上床，临上床之前，也总忘不了关上那一扇龇牙咧嘴的年久失修的后门。

天色已经晚了，但漫天飞舞的大雪还是让屋内添了一些亮光。窗户上的玻璃在寒风中瑟瑟发抖，其中一块玻璃已经碎了，弹弓打的，母亲闻声撵出门的时候，孩子们已经一哄而散——我在其中，母亲气不过，却又毫无办法。伙伴们人手一把弹弓，究竟是谁击碎了玻璃？我竟没有在意。母亲先后逼供了两次，第一次我说是张三，第二次我说是李四，母亲只好放弃了声讨的打算，“弹弓事件”就此成了一桩无头案。那时候，玻璃还是罕见的奢侈品，除了盖房子，乡亲们平时根本就不去管它。在牌楼的人家，总有一两块玻璃是碎的，碎了只好就碎了，横竖都是为了避风，于是窝进去一小团报纸。乡下的日子过得生冷，实用永远是第一位的，美观，退而求其次。然而到了严冬，那块残缺的玻璃终于显出了狰狞的面孔，风从缝隙里灌进来，吹着尖锐的口哨，“呜，呜呜，呜呜呜”。我蜷缩在被窝里，彻骨的寒风，像一把刀，把我割得生痛。不堪重负的屋顶间或也发出清脆的喊声，那是陈年的小瓦，上面积满了腐殖的枯枝、败叶，飞鸟衔来的松籽以及无数灰尘，自然还有三天来的积雪，这些沉甸甸的重量让歪在床头的父亲格外担心。歪着的父亲在和母亲说话，我听见父亲说：“再这样下一天，檐条怕要保不住了。”母亲叹了一口气：“那也没法子想，人不能和天较劲，你也较不赢啊！”父亲没有接话，在积雪微弱的亮光里，父亲眉头紧锁，心事重重。

除了尖锐的风声，夜晚的牌楼是静谧的。我迷糊着难以入睡，一阵阵袭来的寒意将我从睡梦的边缘一次次拽醒。我的眼前浮起了皑皑的白雪：小村牌楼像一个银装素裹的童话公主，满头白发的巢山肃穆在铅灰色的天空下面。这幅素面朝天的场景，仿佛就是生命的原初和开始。我蜷手缩脚，像一只受伤的怕冷的小兽。母亲感受到了我的一次次激灵，她把我冰冷的双脚捂在怀里，粗糙的双手来回地摩挲。在模模糊糊的温暖中，我模模糊糊地坠入梦境。

下半夜的时候，两点或者是三点，后门突然传来一阵奇怪的声音。后门是巢山上的松木做的，龇牙咧嘴，年久失修，父亲在门闩里面贴近两扇门缝的地方钉上了一块铁皮。我不知道父母亲有没有醒来，但后门上的声音仍在继续，哧啦哧啦的，像在打磨一把钝刀，只是更加密集，更加刺耳，也更加沉闷。灯亮了，床头和墙上映出了父亲颤抖的背影。这时候，后门上的声音忽然换了一种节奏，它在剧烈摇晃，夹杂着某种沉闷的撞击声。父亲轻手轻脚地摸到了灶屋，手里捉着鬼火一样暗淡的煤油灯。我把头紧紧地缩在被子里，竟不知道母亲也钻到了我这头，屏声静气，张着耳在听。后门上的声音忽然消失了，雪夜里一片安静。母亲和我于是也穿衣起床，逼仄的后门形同虚设，好在门闩尚在，但两扇门板之间已经裂开了一道大缝隙。在煤油灯微弱的光亮里，依稀可见门外的雪地上，留有一丛丛深深的脚印。雪竟然还在下，一团团棉絮状的雪片从门缝里飞进来，屋内的地面上已经积了薄薄的一层。太冷了！寒风在雪地上旋转着，全都钻进了骨头里，父亲已经捉不稳那盏煤油灯。尽管如此，父亲还是想出门看个究竟，母亲的脸瞬间就变了色，她不由分说，一只手抵着后门，一只手拉住了父亲。父亲迟疑了片刻，还是有些不放心，他试着晃了晃后门，又把家里的菜刀从门闩里插进了门缝。然而这简单的"双保险"仍旧不能让父亲彻底放心，他又让母亲拿来一把铁锹，像柱子一样抵住了后门。那时候的父亲和母亲其实都已经知道，踏雪而来的，是一个久违的"客人"。

再次上床的时候，父亲的双脚像两小块生冷的冰，我不经意间碰到了，冷得烫人，而父亲立即喊起了痛。那是我第一次体会到，冷一旦到了某种极致，冷感就消失了，取而代之的，是骨头深处的疼痛。

至多就是一根烟的工夫吧，后门再次摇晃了起来，而且这一次的来势更为凶猛，夹杂着某种无以名状的低沉的吼声。煤油灯一直在亮着，父亲的脸已经变得煞白，他抖抖索索地穿好了棉袄，手上不知什么时候多了一把菜刀。母亲早就唬住了："你千万不要出门啊。"母亲话音刚落，后门就传来轰然倒塌的声音。我的心脏一下子冲了出来，紧紧地抱住了母亲。

父亲右手握着菜刀，左手举着煤油灯。雪地里立着一匹浑身雪白的狼——它太像狗了，但我知道它是狼，垂直树立的耳朵，嘴部宽阔而尖长。父亲站在门里，虚张声势，而狼立在门外，毫不退缩，紧紧地盯着父亲和我们。

空气凝固了，雪夜也凝固了。四周笼罩着一层即将爆燃的寂静。

父亲很快就成了一个雪人，他将煤油灯转给了母亲，右手的菜刀握得铁紧，随时准备应对狼的进攻。狼在父亲的举动里退后了几步，接着，又奔突了起来，它也怕冷吗？我不知道。我以为狼就要逃走了，一个对三个，它其实并无多少胜算。但狼奔着奔着又折了回来，它重新立在了门外，和父亲之间的距离应该不到五米——许多年之后父亲说，他和狼之间的距离其实只有三米。在当时的情势下，我们的记忆可能都出了偏差，但有一点是可以确定的，当时的情势非常危急，也极其凶险——狼不动，父亲也不敢轻举妄动，于是，一个站在门里，一个立在门外，父亲与狼开始了长久的对峙。

狼的耐心出乎我的意料。不知道时间过去了多久，我看见父亲手里的菜刀在一个劲地颤抖。我也在颤抖。母亲也在颤抖。尽管那一年我只有十岁，但我还是想到了死，不是被冻死就是被狼给咬死。我还想起父辈们说过的那些往事，大雪已经封山，这匹饥饿的狼应该和饥荒年代的乡亲们一样，饥不择食，只不过是为了活下去。在那个特殊的年代，乡亲们吃过树，吃过草，吃过土，吃过蝗虫，还吃过蛇、青蛙和老鼠……父亲那一辈人经常能见到狼，狼群在山腰上成群结队地奔跑，在寒夜里长啸……在父辈们的口口相传里，狼是一种善于记仇也善于报仇的动物，因此，乡亲们宁可易子而食，也不肯上山去掏狼窝。而狼仿佛也领了乡亲们的这份情，它们几乎没有攻击过那些贼胆包天、摸黑上山砍柴的人。有一晚，朱家大婶和两匹狼劈面相逢，两匹狼绕着朱家大婶转了三四圈，最后远远地立了下来，向月而啸，仿佛在为朱家大婶送行。但朱家大婶早已软成了一滩，最后，几乎是连滚带爬地摸下了山……在小村牌楼，朱家大婶的品行不端是出了名的，她喂着一屋子的鸡，却舍不得杀，逢年过节，总要想方设法地去偷。偷不到鸡，就去偷鸡蛋，如果连鸡蛋也无法得手，她甚至会去偷猫或狗。时间久了，乡亲们都知道朱家大婶是个“惯偷”，但她死活不愿意承认，被逼急了，就赌咒自己的阳寿。朱家大婶连自己的阳寿都赌上了，乡亲们只好指桑骂槐，自认倒霉。这一回，朱家大婶终于自我揭丑，乡亲们当然不会怀疑事情的真实性，于是对巢山的狼，又多了一层敬畏之心。秋毫无犯、相安无事的日子久了，乡亲们几乎忘记了狼的存在，孩子们在巢山上追逐、嬉闹，在灌木丛中捉迷藏，大人们从来没有制止过。在乡亲们长久的遗忘中，狼仿佛也从巢山上消失了——巢山并不高，山腰上面都是层层叠叠的马尾松，山腰以下，是参差不齐的灌木以及许许多多不知名的杂花和乱树。树和树之间，灌木丛中，是一座座隆起的大大小小的坟茔。那时候，巢山上的灌木三年砍一次，村里分片落实到户。那是牌楼人的盛大节日，乡亲们成群结队，大张旗鼓，三年来的沧桑和疲惫全都失去了踪影。砍山多半是在深秋，万木渐次萧索，乡亲们已经收起了最后一季晚稻。这时候砍伐，树木不会伤筋动骨，巢山上的灌木因此就像园子里的韭菜，割了这一茬，还会生出新的一垄。靠山吃山。巢山上的一草一木都是牌楼人的衣食父母，砍下来的灌木乡亲们都不舍得劈成柴火，大多数乡亲会把灌木修理得齐匝匝的，肩挑手扛着到破罡街上去卖。在寒凉的清晨醒来，门前的机耕路上已经响起了紧赶慢赶的脚步声，那是乡亲们赶往破罡街的脚步，紧赶慢赶，是为了能占到一个好摊位。逼仄的破罡街摊位有限，谁先到谁先得。那时候的牌楼人还不很“商业”，淳朴的乡亲们恪守着淳朴的交易原则——巢山是大别山的余脉，大人们一度还以为，狼群已经转移进了层峦叠嶂的大别山，直到这个暴雪之夜，乡亲们才猛然醒悟，原来，狼并没有走远，一直和他们毗邻而居。

后门之外，天地之间，白茫茫一片。

父亲站在门里，狼立在门外，父亲和狼依旧在对峙。时间仿佛睡过去了，大雪给它披上了一层厚厚的被子。在无声地对峙里，那匹饥饿的狼已经完全掌握了主动权。它时而站立，时而奔走，偶尔还闭上眼睛，支棱着一双大耳朵。那时候，父亲的身躯已经完全僵硬了，头顶上积满了厚厚的雪，鞋子上积满了厚厚的雪，形同一座尚未完工的雪雕。狼是一种极其聪明的动物。但在长久的对峙中，它既没有对我们发动进攻，也没有呼朋引伴，发出凄厉的啸声。事后父亲说，狼不仅聪明，而且知道感恩，这一点，强过我们中间的许多人。当时的我很难理解父亲的意思，直到成年之后，我才彻底地明白了过来——父亲在“武斗”中九死一生，带头批斗父亲的，竟是父亲的一个远房表侄。这个家境贫寒的表侄幼年失母，父亲残疾，母亲心痛着这个孩子，几乎视如己出，最后还张罗着帮他讨了一门亲——那个暴雪的夜晚，狼其实已经胜券在握，它只要进攻，父亲、母亲和我都绝无逃生的可能！但它没有这么做，它只是用长久的对峙，让我们知难而退，饥肠辘辘的它，并不想伤害我们。

长久的对峙终于惊醒了鸡埘里的几只下蛋鸡。它们急促地叽叽喳喳着，张皇失措，不明所以。突然响起的鸡叫让狼变得异常狂躁，它在雪地里打着转儿，像牛一样喷着响鼻，同时发出低沉的怒吼。母亲仿佛恍然大悟，在狼稍稍安静一些的时候，母亲已经捉住了一只褐色的下蛋鸡，又从厨柜里拿出一只碗，接着又用菜刀在鸡脖子上麻利地抹了抹，鲜红的鸡血像一绺瀑布，向碗里笔直地喷射着。喷到后来就剩下了一滴，又一滴，母亲这才将鸡远远地扔出了后门。原本还在垂死挣扎的鸡仿佛预见了自己非同寻常的命运，刚一落地它就突然大叫了一声，飞快地扑棱着翅膀，脖子抻得老长。狼迅捷地扑了上去，整个地咬住了鸡头和翅膀。这时候，狼居然抖起了身上的积雪，抖动的动作和我家走失的黑狗极其相像，目光和我家走失的黑狗也极其相像。抖完了身上的雪，它专注地看了看我们，嘴里叼着鸡，然后敏捷地转过身去，从雪地里飞快地消失了。

雪还在下。鹅毛般的大雪像一块大抹布，将雪地抹得一干二净，仿佛什么都没有发生。

母亲上前扶住了雪人般的父亲，又颤抖着关好了后门。门缝里依旧插着一把菜刀，门后依旧撑着铁锹。但直到天亮，狼也没有再来，和不知餍足的人类相比，狼似乎更懂得知足常乐。事后我们才知道，那并不是唯一一只进村的狼，那几个暴雪封山的夜晚，村子里的几条狗不声不响地失踪了，先后失踪的，还有五婶家的几只鸭子，仲谋家的几只下蛋鸡。但积雪消融之后，狼再也没有进过村——作为一种群居动物，狼群坚守着“狼道”，人不犯我，我不犯人。更难得的是，它们中间没有败类，不会令整个狼群为之蒙羞。

许多年之后，我一直还记得那个刻骨铭心的暴雪夜。那是我唯一一次目睹大自然中的野狼——瘦削、坚硬、性格躁狂、极具攻击性。奇怪的是，有了这场危险的遭遇之后，我并不像父母亲那么忧心——天晴之后父亲就修葺了后门，母亲还在门里上了一把带插销的小暗锁——那匹饥饿的野狼让我相信，所有的动物都愿意与人为善，但自以为是的人类却不愿意善待它们。他们将虎、狮、豹、猴、蛇、鸟……统统关进笼子里，娱人，亦自娱。我当然也知道，神秘莫测的大自然遍布陷阱，但所有的陷阱，始作俑者都是人类自己。现如今，井水不犯河水的岁月一去不复返，攻城略地的人类，已经登上了一列没有终点的列车，他们也想过回头，但身不由己的他们已经没有了退路！

在漫长的岁月里，巢山上的坟茔越埋越高。巢山上的处女地，越来越少。然而，忽如一夜春风来，三年一次的砍山行动突然消失了，小村已经通上了电灯，先富起来的乡亲们已经提前用上了电饭煲。朱家大婶也改掉了自己的恶习，她再也没有偷过，也不再上山偷砍柴火。我们那一代人的“游乐场”顺其自然地移到了山下，拙劣的树枝弹弓消失了，“拍方宝”消失了，“推铁环”“挤炸”“丢手绢”也消失了……偶尔还能一见的，是并不好玩的“跳房子”和亘古未变的“老鹰捉小鸡”。

除了清明和冬至，今天的巢山已经无人问津，在和村庄一样荒凉的岁月里，巢山也像那些留守在家的老人一样自生自灭，山上草木葱茏，疯长的灌木和野树湮没了所有的山路。我不知道巢山上的自然生态有没有彻底恢复，但乡亲们再也没有见到过狼，也或许，巢山上早已经没有了狼。没有了狼的巢山其实已经不是巢山了，而是一座巨大的坟墓。这让我在长久的失落之余，又生出许多的遗憾。每次上山祭扫，我总希望能碰到那匹躁狂的野狼，它当然已经很老了，但我相信它还没有老糊涂，应该还记得那一场对峙。正是那个寒冷刺骨的暴雪之夜，让脾气暴烈的我学会了与人为善、克己复礼。事实上，那也是我的第一堂真正的人生课，是一匹狼让我明白了一个道理——一只青面獠牙的野兽可能会成为我们的朋友，但一个慈眉善目的朋友，可能会成为一只凶猛的野兽。

辑三／近视的童年

家庭作业

从中班开始，幼儿园开始布置家庭作业，每周一三五，总共是三次，老师会在本子上写下一两道试题——背诵一段《弟子规》或某一首唐诗，有时是一首儿歌或一个小故事。问题出现了，天天很少能完整地背出老师布置的唐诗，也很难完整地复述出一个小故事。在另外一所幼儿园上小班的时候，天天是多么地聪明啊，他能完整地背出《三字经》，认得自己的和我们的名字，可现在的天天，简直成了一个愚笨的孩子。

一开始，我有些不以为然，不过才上幼儿园中班，即便是背不了唐诗讲不了故事，也不过如此，毕竟，他还只是个四岁半的孩子。因此，天天最初的家庭作业，基本上是在敷衍了事，我和妻子都认为，作业不过是个形式，做或者不做，都没什么大不了的。九月的第二周结束之后，老师单独留下了天天，同时叫了妻子去，家长这样可不行啊，每次都不完成作业，下次再不完成，孩子就得罚站了！罚站——记忆深处一个久远的词，它属于我的小学，属于我们那个年代以及稍后一两代的孩子，今天的幼儿园，不应该存在如此简单的教育方式。我问天天："你们班上有同学被老师罚过站吗？"天天说："有。"我惊讶地盯着天天："你被罚过吗？"天天犹豫着，一会儿点头，一会儿又摇头，最后很不耐烦地冲我甩了甩手："你别问了好不好？"我放弃了继续追问的念头，对于这个话题他是抵触的，且肯定有过被罚的经历，他小小的自尊心，不允许我继续深究。这太不正常了，以往的天天可不是这样，他非常乐意和我进行任何交流，也从来不曾冲我甩过手，他知道，"这样很不礼貌"。更不正常的现象开始频繁出现，任何问题只要和他在幼儿园有关，他都开始有意回避，连最简单的吃饭和午睡，他也时常前后矛盾，语焉不详。他在逃避什么呢？

那天晚上，天天没有带回自己的本子，只知道老师要求背诵两首唐诗，其中一首诗的作者是唐朝的七岁女。唐朝的七岁女我是知道的，这个据说只有七岁的孩子，在大堂之上坦然面对武后和群臣，应诏完成了这首语言简朴、意境高妙的《送兄》：

"别路云初起，离亭叶正稀。所嗟人异雁，不作一行飞。"

即便是在中国古诗的汪洋大海里，这首《送兄》也算是优秀之作，让我无法理解的是，老师为什么要教中班的孩子，背诵并记住一首这样的诗？仅仅因为作者是一个年仅七岁的小神童吗？这是我能想到的唯一的解释，可这样的解释并不能使我释然，对于天天来说，家庭作业是实实在在的，如果每次都不能完成，他极有可能被老师一而再再而三地罚站，他小小的自尊，还能经受多少次这样的惩罚？

第二天晚上，我认真看了一遍天天的作业，老师布置的作业大致如下——默写《弟子规》，从“冬则温”到“业无变”；背诵唐诗《悯农》《游子吟》；复习故事《裤子去哪了？》、儿歌《七窍》；背诵唐诗《望岳》；默写《弟子规》，从“事虽小”到“亲心伤”；复习故事《贝壳》……本子上只有一颗五角星，空白处写着老师的潦草的评语，《游子吟》的后面写着“还不错，继续加油！”《七窍》的后面写着“错了！是家长写错的还是背错的？”《弟子规》的后面写着“又错了，请家长认真完成孩子的作业！”……唯一的一颗五角星，画在《悯农》的下面，这首诗他妈妈会背，是他妈妈越俎代庖，自己写出来的。

天天的家庭作业令我沮丧。从作业上的表现来看，天天不是那种早慧的孩子，他甚至算不上聪明，因为他一直没能完整地记住老师教过的唐诗。每次督促天天做作业的时候，天天都非常不耐烦，他总是想方设法地耍赖，有时干脆一言不发。当妻子告诉我这些的时候，我决定和天天认真地谈谈，在我看来，对于一个中班的孩子来说，不会背诵这些唐诗其实无关紧要，甚至完全正常，令我担心的只是，长此以往，孩子将体会不到学习的乐趣，更难以养成良好的学习习惯。然而我的努力最后却失败了，天天始终顾左右而言他，最后竟以“我再也不喜欢你了”相威胁，气呼呼地冲出了我的书房……他才四岁啊！错愕之下，我找了一次宋老师。宋老师是天天的班主任，一个还没有结婚的漂亮的女孩子。

在宋老师那里，我看到了孩子们交上来的家庭作业，上交家庭作业，是孩子们每天入园后要做的第一件事。和其他孩子的作业比起来，天天的作业完全是在敷衍了事，它们完成得太利落了，偶有涂改，推倒重来，每一份作业看上去都是清爽的。《送兄》《弟子规》《游子吟》《望岳》……这些聪明的孩子，他们居然，全都会背！我感慨地翻着孩子们的作业本，心里羞愧着自己的孩子。我的孩子，他太贪玩了，上课开小差，时常一个人看着窗外发呆，直到老师大喊他的名字，他才慢慢地回过神来……他的心思太重了，过于像我，且叛逆过早，我该如何教育这样的孩子？

幼儿园里设有监控探头，在宋老师的电脑里，我看见了课间休息的天天。他正和一个叫吴世嘉的孩子相互追逐，上衣敞着，一群孩子围坐在外面。宋老师说：“吴世嘉和你家的天天，是班上最活跃的两个，每次同学之间的打闹或争吵，都有他俩的积极参与，更多的时候是主动发起。”这在我的预料之中，我争辩说：“这是孩子的天性，小打小闹的，应该也没有太大的关系……”宋老师显然不满于我的争辩，她郑重其事地说：“在家怎么闹我不管，也管不着，但在幼儿园里不行，这会影响到其他的孩子！”宋老师过于像一个老师，似乎又缺乏耐心，直觉告诉我，她其实并不适合教育这些孩子。但我不是来吵架的，也不敢和她吵，我唯一能做的，就是提前告辞。“请您关照一下天天，这孩子似乎有些特殊，作为家长，我们会尽力配合幼儿园，教育好孩子……”宋老师的回答依旧像一位老师：“这是老师的职责，我会的。”

她会吗？我看不出来，在我低声下气着向她提出请求的时候，她的面孔冷如冰霜，像大学时代的马列主义老太太。

天天的本子上，宋老师的评语依旧非常不满，天天依旧不愿意提及他在幼儿园里发生的一切，为此我们不得不小心翼翼地回避着类似的话题，希望时间能慢慢淡化他的抵触心理。一段时间之后这种现象似乎有所好转，那段时间，我和妻子轮流帮他完成宋老师布置的家庭作业，许多作业他依旧不会，我们也无法确切地记住某些唐诗里的句子，于是只好上网，查到了再教他……教他的过程也是我们学习的过程，我因此记住了罗隐的《蜂》和李白的《春思》——为什么要教给孩子们《春思》？这比七岁女的《送兄》，更令我们匪夷所思——然而有时候，网上居然查不到答案，比如儿歌和故事。事后我们才知道，有些儿歌和故事，作者就是宋老师。

一个月之后，我和妻子都有些头痛，查不到答案的作业越来越频繁，妻子也越来越频繁地被宋老师喊去训话。有一次，天天甚至被单独留在教室里，那些聪明听话的孩子都被宋老师带进了教室旁边的一间空房子里，房子里堆满了各种各样的玩具，孩子们可以在一起尽情玩耍。终于见到妻子的时候，天天嚎啕大哭，他不知道自己已经在教室里单独待了多久，他想到过回家，那为什么没回呢？“我不敢”；他也想过去隔壁的教室，又担心我们接不到他……这个胆小的孩子，这天夜里发起了低烧，说了一堆零乱的梦话。妻子抱着他流泪，我在书房里黑灯瞎火的抽烟。能有什么办法呢？全市最好的两所幼儿园他都上过了，在第一个幼儿园里上的小班，但那所幼儿园离家太远，他每天都要起早，接送的校车总是塞得满满的，非常不安全。当然也可以换一所普通的民办幼儿园，但那些普通的民办幼儿园太不靠谱了，它们给孩子吃烂菜，体罚，午睡的被子一学期才洗一次……媒体上时常曝光类似的投诉，有些幼儿园甚至根本就没有合法的资质。邻近的小区里就有一所规模很小的幼儿园，大约还不到一百个孩子，唯一的活动器材就是一架滑滑梯。前年夏天，粗心的司机将一个三岁的小女孩儿落在了校车里，下午放学才发现，可怜的小女孩儿已经窒息而死……家长闹了一个月，最后幼儿园赔了八万块钱。今年秋天，整改之后的幼儿园重新打出了招生广告，价格非常低廉。

别无选择。天天开始赖床，起床之后也总是在磨蹭，迟到成了家常便饭。更令我们不安的是，不知道具体从什么时候开始，他不再在幼儿园里解大便，似乎也很少喝水，每天回家首先是上厕所，其次是喝水，最后开始翻箱倒柜地找零食。这种现象让我们如坐针毡，他是那么的不快乐，对于幼儿园，他越来越显著地抵触和排斥，我们想方设法地哄着他，甚至买回一大堆专门教育孩子的书籍——《好父母决定孩子的一生》《如何做一个合格的家长》《幼儿教育100问》如此等等。

这些书的内容大体上都是相似的，对付这个年龄段的孩子，最有效的办法就是转移他的注意力；不要吝啬表扬和鼓励；当孩子不讲道理的时候，家长要学会冷处理……这些办法其实我们早就试过了，甚至不惜动用物质奖励，但最后它们统统失效，一败涂地！有一次我遇见了迪迪的父亲，迪迪比天天大一岁，但她的聪明和好学远甚于天天。迪迪的父亲没有固定的工作，唯一的任务就是抚养和教育迪迪。迪迪的父亲微笑着听完了我的诉苦，最后轻描淡写地说："你要因材施教，现在的孩子，并不是只有读书这一条路……"

母亲生前，常说"儿孙自有儿孙福"，迪迪的父亲所想表达的，其实也是这个意思。那就顺其自然吧！我们快被这孩子磨疯了，我想：孩子也快疯了。决定顺其自然之后，我承认自己有一种挫败感——我的孩子，他是上天派来惩罚我的，在他三岁之前，我不是一个合格的父亲；在他三岁之后，我却摇身一变，成了一个专制的家长。在那些飘浮的失眠着的夜里，我焦虑的内心，储满了茫然和绝望。

兴　趣　班

上大班的时候，我们给天天报了两个兴趣班，周六下午是一个小时的蒙氏数学，周日上午是一个半小时的幼儿主持。

一开始我有些摇摆。五岁半，正是最灿烂的童年，他应该没有任何包袱，像我的童年一样，无忧无虑、自由自在，至少，他不应该过早地进入学习的状态。为了报不报名上兴趣班，我和妻子多次发生争执，谁也说服不了谁。小区离少年宫不远，某个夏日的下午，妻子拉着我去了一趟少年宫，教室在少年宫的裙楼，总共是三层。三层楼的走廊里，几乎都是清一色的老人，站着的蹲着的坐着的还有靠着的，有的摇着折扇，有的甩着报纸，还有人把上衣晃悠在手里，只穿着一件汗透了的背心……偶尔也有些和天天一般大小的孩子从走廊里挤过来，又挤过去。我小心地穿过一层层人群，穿过了绘画班、舞蹈班、幼儿英语班、剑桥少儿英语班、看图作文班、古筝班、钢琴班、乐器一班（笛子）、乐器二班（二胡）、象棋班、跆拳道班……三楼的最后一间教室，孩子们的歌声破窗而出，如闻天籁，居然是一个唱诗班！

报名处的墙上贴着两张大红的喜报，两个在这里学画的孩子，分获全省少儿绘画大赛的金牌和铜牌；还有一个才五岁半的孩子，入围全省少儿舞蹈选拔总决赛。报名处里坐着一个年轻的老师，她在涂指甲，专心致志，无所事事。当我问起报名的情况时，她头也不抬地介绍说："夏季的名额早就完了，可以报秋季的，秋季还有十几个名额，是唱诗班和跆拳道班，传统的兴趣班像绘画、舞蹈、英语和钢琴，尽管一再扩班，名额还是远远不足，基本上要提前半年开始预订……"这样的介绍她大约已经重复过多次，因此她一边在介绍一边在涂着指甲。一段长长的介绍结束之后，妻子显得非常失望，她把怒火通通发到了我的身上："秋季是报不上名了，来年春天呢？来年春天，天天就五岁半了，五岁半开始上兴趣班，和这里的孩子比起来，不算早但也不算太晚。"在妻子莫名发泄的怒火里，我终于选择了妥协，不是妥协于妻子，而是妥协于现实——当我还在想方设法让孩子享受快乐童年的时候，已经有这么多的孩子，提前冲出了起跑线，为即将到来的竞争积攒本钱。在他们的身后，是一条条看不见的挥舞着的鞭子。

"别让你的孩子，输在人生的起跑线上！"——这句话铭刻于少年宫的外墙，释放出一种振聋发聩的力量，类似于来自上天的责难。这句话，现在已经成了妻子的口头禅，面对这种雷霆万钧的指责，我只能选择沉默——"人生"，多么严肃的词。作为一个父亲，我当然不希望天天一开始就输，但我更不希望这种盲目的竞争，过早地降临到天天的身上。对于我这个长期浸淫在书斋里的读书人来说，这样的场景太残酷了，我该不该把这样的残酷，提前放到天天的面前？而我的孩子，他会接受吗？

不接受也得接受，妻子说得斩钉截铁："人家都在学，你不学，你就比人家慢了一拍。"为了让我心服口服，妻子还举了身边的一些孩子为例——迪迪的父亲没有固定的工作，母亲在小学里教语文，他们为迪迪报了数学和钢琴；闻浩然的母亲是个户籍警，父亲是个生意人，他们就为闻浩然报了少儿绘画和看图作文……迪迪和闻浩然很早就上了兴趣班，据说迪迪已经会算简单的乘法和除法，闻浩然更厉害，才学了半个学期，就为他妈妈画了一幅肖像。说起这些的时候，妻子的口气里满是羡慕，藏着一些或多或少的妒忌。这两个孩子我都认识，迪迪比天天大一岁，闻浩然比天天小五个月，他们时常和天天一起玩耍，偶尔为了一个玩具互相打架，看不出一丝比天天更聪明的迹象。然而当他们刚刚学会简单的乘法和除法，刚刚学会画人物肖像的时候，他们就成了小区里最出色的孩子，成了父亲母亲的骄傲和聪明好学的典范。家长之间的攀比是一种无法根治的传染病，它常以无法预料的速度击中每一位父亲和母亲。在我居住的这个小区里，迪迪和闻浩然的父母都太普通了，然而他们的孩子却赢得大家的交口称赞。凭什么呢？！

在父亲和母亲们的无限攀比里，兴趣班成了父亲和母亲们的"面子工程"，而那些无辜的孩子，就成了一件件值得自豪的资本和武器，帮助父母亲赢得最后的胜利。比穿着的原始阶段早就过去了，要比，就比孩子的学习。想想也是，现在的社会竞争已经如此激烈，等到孩子那一代，还不知道会激烈成什么样子。上大学肯定都不是问题，但找工作，绝对是一个天大的问题。技多不压身，让孩子多掌握一两门技艺，又有什么不好呢？事实已经摆在了面前，既然给不了孩子更多的资本，就只能为他创造条件。

该给天天报一个什么样的兴趣班呢？我很想选择绘画或者是钢琴，但妻子选择了幼儿主持和蒙氏数学。这两种兴趣都不是我的兴趣，也不是她的，恰恰都是我们的弱点。兴趣都是培养出来的，在妻子看来，孩子就应该培养父母双方都没有的兴趣，只有这种逆向培养，才能促使孩子全面发展。我很明白妻子的心思，她不希望天天将来也是个文科生，从事那些抄抄写写的且没有多少技术含量的边缘行业。我虽然并不认同妻子的理论，但还是默许了妻子的选择，对于天天的未来，她比我付出了更多的心血，她理应拥有更大的话语权。

决定报名之前，我反复征询天天的意见，我担心他会不快乐，更担心他会从此滋生出更加抵触的心理。然而“子非鱼，安知鱼之乐”，从天天的表现来看，他竟然是快乐的，和上幼儿园以及幼儿主持班相比，他更愿意去上“小蚂蚁数学”——这是他对蒙氏数学的奇怪的称谓——每到周六，吃过午饭，他在去“小蚂蚁数学”的路上总是兴致盎然，甚至愿意放弃在幼儿园里养成的午睡的习惯。初秋的时候陡然降温，他咳嗽了，食欲大减，为此他申请在家里休息一到两天。我知道这是他的一个借口，他只是不喜欢上幼儿园，不喜欢那些他还无法理解的家庭作业——我的孩子，那一刻他正蜷缩在床上，咳嗽着，楚楚可怜。我同意了。那时候，我已经对幼儿园的教学方式心生排斥，幼儿园应该是快乐的，它不应该让任何一个孩子滋生出抵触和畏惧的心理。那个周六的上午，天天依然咳嗽，我们已经不打算再送他去上蒙氏数学，谁知道刚刚吃过午饭，天天忽然问：“老妈，今天是星期几？”当妻子告诉他今天是星期六的时候，他令我们意外地说：“那我要不要去上‘小蚂蚁数学’？”我们把决定权交给了他，他再次给出了令我们意外的回答：“上！”

是什么吸引着一个病中的孩子？那个下午，我陪着天天，走进了蒙氏数学的课堂。这是一个只招八个孩子的兴趣班（确保老师能关爱到所有的孩子），而在九十分钟的教学时间里，老师要家长一直待在教室里，陪孩子一起数数，一起玩一种和数字有关的小游戏——“1”是一根白色的火柴，“2”是一根红色的火柴……“10”是一根黑色的火柴。当老师将一根红色的火柴放在黑色的火柴之前时，孩子们很快就给出了答案，红色和黑色，代表着“12”这个数字。这是一个神奇的实验，那时候的天天，其实对“10”以上的数字毫无概念，但在一根根火柴随意排列出来的组合里，天天成了一个聪明的孩子，兴趣班里所有的孩子，都有成为数学家的潜质。

另外七个家长都是母亲，她们笑颜如花，和我一样兴奋。一个小时很快就过去了，结束上课之前，老师搭起一个巨大的帐篷，老师、家长和孩子一起挤进帐篷里，老师喊：“老狼老狼几点了？”孩子们齐声回答：“老狼老狼五点了。”五点了，游戏结束了。

没有作业。下一节课开始之前，老师会把上一节课的内容，和孩子们一起复习一遍。我问过了，上一节课的内容，孩子们大多都能记得。

和天天一样，另外七个孩子的智商也很平常，没有哪个孩子显得特别出色，但在这个只有八个孩子的班上，所有的孩子都能在游戏中多次犯错，老师会给孩子足够的机会，直到他能自己给出正确的答案。这期间，老师没有任何惩罚。

我懂了。和教条而严肃的幼儿园比起来，这种教学方式寓教于乐，既顺应了孩子的天性，也深刻地吸引着家长。我一点儿也不想教天天背七岁女的《送兄》和李白的《春思》，但我愿意和他一起做游戏，其实也只有游戏，才真正属于一个健康成长的童年，而《送兄》和《春思》，只属于那些被鞭打的扭曲的孩子。

然而，那些被过早启蒙的孩子，他们就一定不快乐吗？我原以为他们一定是不快乐的，但事实或许并非如此。看着这些在游戏中尽情享乐的孩子，看着一边咳嗽一边开怀大笑的天天，忽然地，我也笑了。那是一种隐秘的快乐，来自我负重成长的孩子。

我们都是坏孩子

“这孩子我管不了了！净和那些坏孩子玩……”程老师盯着天天，两小丛火焰燃烧着鼻梁上的镜片。这句话像一盆脏水，劈头盖脸地冲我们倒了下来，不由分说，不由争辩，她踢踏着细长的高跟鞋，已经从走廊里消失了。我蹲了下来，抓着天天的手，拼命压制内心的愤怒。天天茫然地瞪着眼睛，泪水在眼眶里打转。这个孩子和我一样，生性胆怯，从来不敢顶撞老师，在程老师毫无遮挡的指责里，他也不敢再坚持自己的观点，虽然我确信，他是委屈的。

课间十分钟，那些“坏孩子”喜欢你追我赶，打打闹闹，天天是其中的活跃分子。这几个崇拜着奥特曼的孩子，轮流模仿，彼此纠正，英雄主义情结在一次次的挥拳和劈腿中无限膨胀。他们在虚拟的模仿中享受着实实在在的快乐，然而，他们制造的喧嚣和“暴力”，却让老师们非常反感。一开始，我并没有在意程老师在QQ群里的点名批评，作为语文老师和班主任，她有义务将孩子的表现反馈给家长。不久之后她就让天天带回了两张“提醒卡”，第一张“提醒卡”上这样写着：和小朋友打架。天天委屈地说：“我没有打架，我只是不小心撞到了他，我已经道歉了啊！”“他原谅你了吗？”“原谅我了。”哦，孩子已经原谅了，但程老师不愿意原谅，她要让家长提醒孩子，冲撞是不被允许的，即便是一次偶然发生的冲撞。我们只好告诫天天，在学校里，要做一个乖巧的学生，要和小朋友斯斯文文地玩，比如“接火车”，比如“拳头、剪刀、布”……天天不明所以地看着我们，他根本就无法理解，在学校里为什么只能这样玩？第二张“提醒卡”让我非常意外：“离开座位看老师有没有来”——上课铃声已经响了，但数学老师还没有到教室，天天就站在教室门口向教师办公室的方向张望……我哑然，苦笑着在提醒卡上签上自己的名字。谁知道第二天，天天又将“提醒卡”带了回来，程老师说：“光签字不行。”那一刻，我非常恼火，但孩子还得接受学校教育，人在屋檐下，不得不低头，较真的后果只会苦了自己的孩子。我只好在提醒卡上补上这样一行字：万分感谢老师的提醒！希望老师严加管教，让孩子在提醒中成长，在成长中提高！

从此，我留心起了班级QQ群，程老师也在这个群里，除了布置家庭作业，偶尔也会点名批评一些上课不认真的学生，表扬另外一些认真听课、安分守己的学生。我很快就注意到了“吴世嘉”，这个一年级的小学生，已经认得两千个汉字，能自己看童话书，甚至已经开始看图作文，也正因此，他被评为九月份唯一的“校园之星”。“你认识吴世嘉吗？”我问天天。天天说：“认识啊，哈哈……”“你笑什么啊？”我生气地抓着天天，同时板起了脸，“你要向他学习，知道吗？程老师经常表扬他！”但天天一脸的不屑：“我一点儿也不喜欢他！老爸你不知道吧？他就是个孬子，下课就知道做作业……”下课做作业？我诧异地看着一脸不屑的儿子："他不玩的吗？"天天摇了摇头："他很少玩，光知道看书，光知道做作业，孬子！"天天再次大笑了起来，我和妻子面面相觑，这个名叫吴世嘉的七岁的小男孩儿，还像一个一年级的小学生吗？！然而，程老师喜欢这样的学生，并引以为傲，她不止一次地号召孩子们"要向吴世嘉同学学习"，号召那些表现不好的孩子的家长"要向吴世嘉的妈妈讨教"。吴世嘉的妈妈在QQ群里谦虚着、客套着"没有啦，我都没怎么管他，这孩子自觉……"好吧，我们只好恭喜她，她的孩子是个自觉的天才，而我们的孩子资质平庸，还需要后天的努力与教养。

在天天面前，我从此再也没有提过吴世嘉，即便他真是个优秀的孩子，我也认为不值得效仿。放学之后的吴世嘉执行着一张严格的作息时间表：四点半吃饭；五点到六点，一个小时的语文拓展阅读；六点到六点半，半个小时的英语口语训练；六点半到七点，做半个小时的《数学·举一反三练习册》；七点到八点，弹一个小时的钢琴。八点半准时上床。周二晚、周六的上午和下午，还要上三个兴趣班：钢琴、书法和绘画……这个孩子已经成了一架开足马力的学习机器，他将贪玩的"天天们"留在了起跑线上。面对那张计划到每一个小时的作息时间表，这个孩子已经失去了玩耍的兴趣，或许，也失去了玩耍的能力。然而，他快乐吗？我甚至怀疑他没有童年，在他的世界里，生活是单色调的。我情愿天天不擅于学习，也希望他能在快乐中健康地成长，有鲜明的个性，健全的人格，有本然的爱心和恒久的信仰。

这让我想到自己的童年。记事之初，我是顽劣的，上课从来没有用心过，还和小伙伴们结伴逃课。学校隔壁的唐庄有座繁茂的桃园，六月份，桃子熟了，我们几个一起去偷桃子，主人家的狗突然从浓荫里蹿出来，龇牙咧嘴，对着我们一阵狂吠。我们吓得落荒而逃，我个子小，跑不动，时常一个人落在最后。我怨恨着他们，心里不忿，时常主动挑衅。打架是常有的事情，在课堂上打，在校园里打，在放学的路上打，当时的巢山小学被我们几个“坏孩子”搅得鸡犬不宁。我还记得自己二年级期中考试的成绩，语文：76；数学：49。那天，数学老师专门经过我家门口，将那个可怜的分数告诉了我的父亲。数学老师站在黄昏的梧桐树下，一面说一面夸张地摇头：“全班倒数，倒数哦……”后面的一咕噜话我已经忘了，但我一直记得他的神情，不是哀其不幸，不是怒其不争，而是轻蔑与失望相互交织，轮番上阵。父亲是个要面子的人，数学老师前脚刚走，父亲后脚就板起了面孔。虽然那一次我并没有挨打，但第二天，我却不想再上学了，被父亲威逼着走进校门的时候，数学老师正在上课。我站在教室外面的走廊里，很不情愿地喊了一声“报告”，但数学老师只是扫了我一眼，又继续上课。我再次喊了一声，他终于怒发冲冠，将手里的课本重重地掼在讲台上，粉笔堆积的尘烟应声而起，教室里爆发出一阵冲天的笑声。我羞愤难当，无地自容，热泪横流地冲进了教室，拿起自己的板凳，又旋风一般地冲出了教室，呜咽着冲出了校门……数学老师不安地站在讲台上，他面红耳赤，半晌没有出声。后来我听说，那一节数学课改成了自习。

我当然没有从此辍学，但在小学五年级之前，我一直没有认真地学习过，所有的精力，都交给了玩闹、打架和逃课。五年级的时候开始写作文，语文老师名叫江龙武，有一天，他在课堂上出人意料地朗读了我的一篇作文，这让我第一次确信，自己在学习上并非一无是处，也并不是班级里一个可有可无的学生。从此我喜欢上了江老师的语文课，然而不久之后我就受到了他的严厉批评，这一次批评，让我受益终生。那是因为另外一篇作文，我通篇都用了“俺”，“俺”“俺妈”“俺爸”，江老师把我叫到他的办公室，他盯着我的眼睛说：“抄袭就是偷，丑不丑？写不好丑吗？啊？不丑！偷东西才丑……”那篇作文，我其实并没有抄，那是上个世纪八十年代初的乡下，课外书极其有限，我就是想抄，也没有现成的作文。庄子里的一个媳妇是皖北人，她不说“我”，说“俺”，“俺”“俺妈”“俺爸”，听上去非常亲。偏偏我又会写这个字，于是就写进了自己的作文。如今，三十年过去了，我一直感激着江龙武老师，正是他的那番话，让我明白了写作其实和做人一样，有一道虽然看不见却永远不能逾越的底线。也正是因为他的鼓励，让我在小学升初中的考试中如有神助，一鸣惊人，勇夺全校第二名。然而，就在小考之前一个月，数学老师还幸灾乐祸地对我父亲说：“他哪能考上啊？——考不上！”数学老师有意制造了一次漫长的停顿，在漫长的停顿之间，父亲的脸涨成了猪肝色，那一刻，我第一次看出了父亲漫长的伤心。

在数学老师的眼里，我是一个不折不扣的坏孩子——上课开小差，找前后桌的同学讲话，还时而不时地找同学打一架——孺子不可教啊！父亲为此伤透了脑筋，颜面尽失，直到我一战成名，父亲终于扬眉吐气，并对我寄予了莫大的厚望和信心。每次念及自己的这段经历，我就释然于天天的现状，一脉相承的天天几乎复制了我的童年，顽劣，好动，不安分。然而“养不教，父之过”，在程老师的批评和责难里，我只好一次次放下自己的怜惜，一次次地陪他写作业、背课文，当然，也不得不像那些循规蹈矩的父母一样，想方设法地扼杀他好动的天性。我鼓励他说：“你不是坏孩子，他们也不是坏孩子，你们只是比较好动。”“真的吗？”他一脸茫然，目不转睛。“当然！”在我的肯定里，天天终于笑了，他如释重负的笑容让我相信，程老师毫无遮挡的批评，已经在他的心里留下了阴影。其实，每一个孩子都是一张白纸，在自由生长的过程中，孩子最需要的，只是大人的鼓励和肯定，也只有鼓励，孩子才能找到自己的成就感和存在感，并尽情释放自己的天性。

但老师不愿意鼓励这样的孩子。有一段时间，天天终于收敛了许多，下课的时候，他不再和小朋友们打打闹闹，也愿意主动举手，积极回答老师的提问。我希望程老师能够鼓励一下天天，我委婉地说："天天是个需要表扬的孩子，越表扬，越出色。"但程老师生硬地拒绝了，她不容置疑地回答说："这是他应该做到的，不值得表扬！"我尴尬地站在走廊里，心头滚过一阵阵寒意。她正在恋爱，却没有足够的爱心，也不能懂得因材施教这个简单的道理。当然，在学校划定的考核目标里，并没有"因材施教"这一项，而一个班级总有几十名学生，老师没有义务法外施恩。我虽然心寒却无可奈何，在现行的教育体制下，老师们都揣着同一把尺子，用同一套标准粗暴地丈量每一个孩子。他们轻率地给孩子们贴上一张张标签，比如天天，在程老师标准化的丈量里，天天就是个坏孩子。

"你看他那个眼神，好凶！"程老师说，"他已经是班上的一霸了，男孩子都不敢和他玩。"当程老师再次留下天天的时候，我终于失去了仅存的耐心。这一次，两个男孩子在一起打架，其中一个孩子是天天的"好朋友"，天天眼看自己的好朋友挨打了，于是上前帮忙，两个打一个，那个落败的孩子就报告给了程老师。不过，这个爱打"小报告"的孩子隐瞒了一个重要的事实，他只说自己挨了天天的打，而没有提及前面发生的事情！天天虽然解释过，但这时候的程老师已经戴上了"有色眼镜"，她本能地相信了那个打"小报告"的孩子，并且将他搂在怀里，仔细查看他的"伤情"——他的伤情，天天的罪证。我焦虑地看着嘈杂的校园，来来往往的家长，忽然有了一种骂娘的冲动。我拎起天天的书包，一言不发地离开了教室，扔下了目瞪口呆的程老师。这一次，我甚至没有指责天天，事实上我也不知道该如何指责——我希望他是一个光明磊落的人，最起码，不要像那个打小报告的孩子，他才那么小，却过早地学会了趋利避害，明哲保身。

在程老师标签化的教学里，天天很快被孤立了起来，他被安排到最后一排，没有同桌，一个人一个座位。这个敏感的孩子很快就意识到了自己在班级中的地位，他虽然不再主动和同学们打闹，却变得越来越不自信。最明显的表现是，他不再举手回答老师的提问，即便偶尔被问到了，他也不敢大声地说出来，怕说错了被老师批评。这个现象让我和妻子无比揪心，长此以往，会严重挫伤他的自尊，进而失去学习的信心。一位当过老师的朋友告诉我，这种情况，家长必须和老师沟通，如果不沟通，问题只会越来越严重。为了证明自己并非危言耸听，他还举例说："老师可以让一个最差的学生变成一个最好的学生，也可以让一个最好的学生变成一个最差的学生。我当然明白其中的道理，但我不知道，究竟该如何和程老师沟通？最重要的，该如何让她取信于天天，相信他虽然天性顽劣、资质平庸，骨子里却积极向上、争强好胜。"那时候，期中考试的成绩已经公布了，天天的各科成绩如下：语文100分，数学B+，英语A。我不知道这个成绩是否在程老师的意料之外，但在我的意料之中。

还在幼儿园读大班的时候，我们就给天天报了两个兴趣班，少儿英语和中国象棋，令我欣慰的是，在这两个班上，天天都是老师最喜欢的学生。他和三年级的小学生一起学英语，一个学期学下来，他被评为全班唯一的"明星学员"；他和五年级的小学生一起学象棋，一个学期之后，他就顺利晋级，现在已经能够和我捉对厮杀，我若稍不留意，还会被杀得丢盔弃甲，甘拜下风。当天天拿回人生中第一张奖状的时候，我专门发了一条微博，收获了一片虚妄的赞美。那一刻，我承认自己的虚荣心确实得到了极大的满足，但虚荣过后，我又生出了大把的自责和心痛。在这张奖状的背后，天天付出了大量的精力和时间，而对于一个六岁的孩子来说，得一张奖状、考一次满分，究竟有多大的意义呢？人生是一次长跑，赢在起跑线上的孩子，未必就一定能赢到最后。类似的例子不胜枚举，许多知名人士都有过挂科、留级甚至被学校开除的痛苦经历，但这些“坏孩子”的好奇心和破坏欲没有被扼杀，在人生的长跑中，好奇和破坏，成为他们的核心竞争力。而那些被“标准答案”捆住思维能力的好学生，往往都沦为考试机器，在岁月的长河里湮没无闻。

对于孩子们来说，失败并非成功之母，自信才是。我试图通过家庭教育帮助天天恢复自信。感谢家庭教育指导师松婀鹂（著有《娃的问题咱不怕》学前版和小学版），在我几乎穷途末路的时候，是她帮我放下了所有的焦虑，并坚定了我对洛扎诺夫（俄）教育思想的追捧和实践。洛扎诺夫这样比较家庭教育和学校教育：“家庭唯一能给孩子的是使之健康成长，使之有信仰，使之处事认真，这就是给孩子工具，就像给旅行者手杖一样。如果家庭能做到这一切，就让学校给孩子其他次要的知识吧。”——我并不认为课本上的知识都是“次要的”，但在我国现行的教育体制下，“填鸭式”的教学方式和功利化的教育目标，已经使课本上的知识沦为“标准答案”——我唯一不能确信的是，天天能合格地掌握“次要的知识”，进而顺利地迈入社会吗？

前两天，我偶然读到一篇长微博：《坐在路边鼓掌的人》。作者的女儿被戏称为“23号”，一个名副其实的中等生。当亲友家的孩子争先恐后地想当钢琴家、企业家、影视明星和政界要人的时候，“23号”的第一志愿只是当一名幼儿老师，而第二志愿居然是当一位母亲，“穿着印有叮当猫的围裙，在厨房里做晚餐，然后给我的孩子讲故事，领着他在阳台上看星星”。英雄路过的时候，总要有人坐在路边为他鼓掌，而这个孩子不想成为英雄，她只想做那个“坐在路边鼓掌的人”。这个简简单单的励志故事瞬间击中了我。遥想当年，我也曾壮怀激烈，雄心万丈，但在漫长的人生岁月里，所有的梦想都成了美丽的泡影。红尘滚滚，平凡如我，已然劳碌了半生。我做不到的，又何必强加给孩子呢？

——如果健康，如果快乐，如果顺心，我的孩子，又何妨和我一样，做一个淡泊名利、安稳度日的普通人？

父子七年

一

我常扪心自问：“你是个合格的父亲吗？”

答案总是否定。比如今天早上，天天吵着要吃肉丝面，死活不愿意去幼儿园吃饭。外婆劝说无效，他心里明白，相持的结果，外婆终归会顺着他。天天是外婆一手带大的，对他过于溺爱，天天也在外婆的溺爱里，滋生出一些坏习惯。我虽然心知肚明，却毫无办法，我们俩的工作都很忙。这个倔强的孩子，于是提前进入了第一个叛逆期，我们越是干预，他越是反抗。我哄他刷牙，他说自己饿了，要吃完面条再刷。让他去幼儿园里吃早饭，妈妈是交过钱的，不吃等于浪费，他再次拒绝，习惯性地磨蹭着，躺倒在沙发上。时间已经过了八点，又要迟到了！我瞬间怒火万丈，冲到他的面前，在他的大腿上狠狠地扇了几大巴掌。

手足无措的外婆，穿梭在厨房和客厅之间，想护，又有些左右为难。

天天埋下头，委屈地哭了起来，那种压抑的哭声，包裹着厚重的伤心与失望。我下手太重了！他肯定无法理解，一向很疼爱自己的父亲，为什么突然间变成凶神恶煞？这种天壤之别既让他无法接受，更让他猝不及防，那一刻，他只能选择屈服，但他小小的心脏里一定埋下了一粒种子，只要有适合的温床，它们一定会生根发芽。这个念头让我非常畏惧，我清醒地知道，棍棒教育，培养不出听话的孩子，只会让孩子越来越叛逆，让本来就很孤单的孩子越来越孤单。

他含着泪水让外婆刷牙，洗脸，换衣服，我站在门口准备送他。他显然不愿意，他求助地看了看外婆，又看了看妈妈，最后还是拎着书包，跟着我慢慢地走到了楼下。“儿子，痛吗？”我蹲下来，怜惜地摸着他的大腿。他看着我，委屈地吐出两个字：“好痛！”我一把搂住天天，忽然间泪如雨下。天天乖乖地歪在我的怀里，陪着我默默地流泪。“对不起儿子，老爸再也不会打你了，但你要听话，啊？”他“嗯”了一声，同时点了点头。那一刻我第一次意识到，我的孩子已经七岁了，他有自己的想法和思维，也能够部分地理解大人的心愿和意图。在我流泪的那一刻，我清晰地看见了他的悲伤，虽然他还不能完全表达内心的真实感受，但我相信，在岁月的长河里，他终将懂得父亲的爱和恨，懂得那几个疼痛的巴掌，其实也痛在父亲的心上。

七年了，我打过天天三次。虽然每一次都很后悔，但每一次事到临头，我总是控制不住自己的怒火。天天的脾性过于像我，倔强到顽固，不肯轻易认输，然而，这算是原则性的错吗？至少，对于一个七岁的孩子来说，这不是需要加以管制的底线，更不是什么原则性的错误！可每一次，我总是在天天的倔强里，升腾起无法遏制的怒火。这让我一次次想起自己的顽劣的童年，在我童年的记忆里，父亲只打过我一次。那个挨打的黄昏，我主动挑衅了干林，父亲和干林的父亲素来不睦，面对无事生非的儿子，父亲终于忍无可忍。回家的时候，父亲已经等在了门口，他举起拖把朝我挥了过来……在散文《爱着你的苦难》里，我详尽地描叙了那个黄昏，那把滴水的拖把，成了我童年时代最深刻的记忆，它留给我的，当然不是仇恨，也不是屈辱，而是一种无法悉数描写的畏惧。许多年之后，我依旧很难和父亲亲近，它成了我心理上一道无法逾越的障碍，一抹厚重的阴影——在相当长的一段时间里，我一直以为，我是一个父亲不喜欢的孩子，伴随着这个顽固的念头，我走进了敏感、脆弱而自卑的青春期。一直到今天，敏感、脆弱而自卑仍是我的另一重性格，在不如意的生活或工作状态里，它们总会显现。

今天想来，如果父亲当时能听我说几句委屈的话，能蹲下来看看我和干林打架之后所受的伤，我可能不会再在意那把拖把，那把拖把也不会影响到我的人生，让我长期背负着沉重的心理负担！没有一个父亲不爱自己的孩子，我的父亲也一样。但童年时代的记忆是有选择性的，绝大部分的欢乐和爱，其实都被我们过滤掉了，刻在脑海里的，往往是那些超出我们心理承受能力的痛疼和创伤。

童年时代的痛疼和创伤，往往会伴随一个人的一生，而天天又过于胆小，我肯定已经吓着他了。这让我滋生出深长的内疚和自责——我的体罚，会给天天留下什么？我无法预设，也不敢想象。

在天天成长的这七年里，我又为他做了些什么呢？除了在有限的休息日陪他玩玩之外，我几乎什么也没有做！三岁那年，我一路抱着天天，一口气爬上了九华山，他有模有样地磕头、敬香；四岁那年，我带天天去了北京，一直到今天，他还记得火车上的卧铺，天安门广场，门楼上挂着一张“老爷爷的照片”；六岁那年，我带天天去了青岛，他第一次坐飞机，第一次看见大海，第一次在我们的鼓励下，在海水里泡了一个下午。合肥植物园、动物园、花冲公园、包河公园、杏花公园、逍遥津公园……市内这些能去的地方，都不止一次地去过了，但从六岁那年开始，天天经常说自己“不开心”。一个六岁的孩子，衣来伸手，饭来张口，废弃的玩具装满了一个小房间，为什么他还不开心？之前，我从来没有细想过这个问题，在繁复的工作和人近中年的生活压力里，我一直简单地认为，孩子不开心，只是因为没有实现自己的心愿。可是作为父亲，我从来没有认真考虑过天天的心愿，他的心愿是不是合理，我们是否应该帮助他实现？这些问题都被我们无一例外地忽略了，我们总是粗暴地阻止，因为“这个玩具太贵了”，因为“不安全”，因为“你已经玩了很长时间”，因为“明天还要上学”，如此等等。这些“理由”确实都是理由，但那是我们的理由，不是孩子的。许多时候，我们时常提醒自己要学会沟通，要换位思考，可事情一旦发生在孩子身上，我们却时常忘了这最重要的一条。孩子的心智毕竟不健全，一旦他得不到自己想要的东西，做不成自己想做的事，不开心是必然的。

二

父母对孩子，总是寄托着太多的厚望，一旦孩子偏离了自己预设的轨道，父母难免会伤心和失望。路，都是人走出来的，还处在摸索中的孩子，为什么非得要走父母预设好的道路呢？

爱玩、任性、不听话，这些都是孩子的天性，属于正常现象，不正常的，反倒是那些过于听话的孩子——他们的天性被扼杀在被驯服过的乖巧里，乖巧却不快乐，这样的乖巧，往往会埋下无穷的祸根。童年时代，无疑应该是快乐的，一个不快乐的童年，同样会修改一个人的个性，进而影响到整个人生。

我的童年时代，是很快乐的。虽然家境贫寒，但我极尽玩耍之能事，爬墙、上树、打架，用弹子击碎人家的窗玻璃，做下无数出格之举。父亲和母亲从来没有阻止过我，只是反复叮嘱我不要惹祸。我和伙伴们在小圩里嬉闹（小圩里河汊遍布，危机四伏），在巢山上追逐野兔子（那时候的巢山，还有剧毒的腹蛇和伤人的野猪），身边没有一个大人。在天然而本能的训练里，我们谁都没有因此受过伤，也没有谁遇到过意外和不测。但今天的独生子女们，过于娇生惯养，即便是在小区里玩耍，没有车水马龙，没有人来人往，也总有大人在后面撵着、吆喝着、指挥着，生怕孩子们离开自己的视线。孩子们都成了风筝，身后总牵着一根看不见的线。这群被看大的孩子，只能长成温室里的花朵，经不起风吹雨打，也很难从心理上真正独立。八岁的迪迪，乖巧而伶俐，已经会弹肖邦了，是小区里常被母亲们夸赞的孩子之一，然而，就是这个常被夸赞的孩子，居然不会自己穿衣服，不会自己穿鞋，甚至不敢在学校里便溺。

和迪迪比起来，天天这方面是令我满意的，然而五岁之前的天天，只要一出汗，肯定会感冒；只要一吃冷饮，肯定会咳嗽，只要一咳嗽，肯定会齁。每次看医生，都要输抗生素，我们虽然伤透了脑筋，却束手无策，只有抗生素，才能止住他的齁。滥用抗生素的结果是显而易见的，终究有一天，所有的抗生素都将失效，已经有越来越多的缺乏锻炼的孩子，在医生的培养下变成了“哮喘”。然而孩子一旦进了医院，家长就成了弱者，没有一丝话语权，甚至不敢提出半点质疑。因此一直到现在，春暖花开了，我们也不敢随便让天天喝没有热过的冷饮料。有一次，同事逗天天："天天，热过的饮料好喝吗？"天天一边喝着饮料一边小大人似地回答说："我好咳嗽啊，否则怎么办呢，你说？"

我心里一酸，我的孩子，他肯定不快乐！他还在幼儿园里读大班，但早从中班开始，幼儿园就已经有了家庭作业，讲故事、背唐诗、唱儿歌，一周三次。如果不按时完成，老师会让他站在教室外面；他曾经喜欢着住在五楼的姐姐，一放学就跑到姐姐家，和姐姐一起玩游戏，但一到吃饭的时间，外婆和妈妈总要将他领回家，"在人家吃饭，羞羞脸"。现在，他很少再到姐姐家去玩，仿佛不曾有过那些快乐的游戏；他也曾喜欢过楼下的弟弟，他带着弟弟一起玩陀螺，但天色一晚，我们总命令他回家，"做作业"。现在，只要天色一晚，他肯定会乖乖地回家，但始终磨蹭着，不愿意做作业；他喜欢舅舅家的小妹妹，但妹妹总会弄坏他的玩具，而我们却不允许他对妹妹发脾气，"你是哥哥"。现在，妹妹只要一到家里来，他就提心吊胆着，一万分的不乐意……在无穷无尽的"规矩"面前，天天慢慢地学会了叛逆，是我们确立的那些正确的规矩，培养出了天天的叛逆心理。

其实所有的叛逆，都来自于家庭、学校或社会，世界上从来就没有天生的"坏孩子"，有的只是逼使孩子学坏的父母和老师。在父母和老师的心灵伤害和身体惩罚里，孩子的天性被无情地扼杀了，取而代之的，是表面温顺，内心叛逆。有一次朋友聚会，一位心理医生说出了一个惊人的"心理武器"：要想摧毁一个孩子的心理，不搭理他就是了；三次招呼都不理，他一辈子都会有心理阴影。想惩治一个孩子也很简单，当众狠狠地训他一顿，就能让孩子走向自闭。这个"武器"令我心惊肉跳，我相信，在这个"武器"的背后，肯定潜藏着一大批血泪交集的案例。转念想想自己，我也曾不理过天天，甚至责令他独自待在房间里面壁思过，这叫“冷处理”，是从育儿网上学来的。当众训斥的事例更是不胜枚举，书上说：“只有当众训斥、立即训斥，才能增长孩子的记性，避免类似的错误再次发生……”

三

或许你会说，现如今，做一个合格的家长真是太难了，得时时警惕，事事小心。但你再仔细想想，做家长其实又是一件很容易的事情，只要供他吃喝，他总会长大，总会走向社会，组建一个属于自己的小家庭。母亲生前时常告诫我和二哥，别打孩子，也别什么事都管，“儿孙自有儿孙福”。这简简单单的七个字，凝结着母亲一生的智慧。母亲养育了我们六个兄弟姐妹，小时候，母亲没有动过我们一根手指；成人后，母亲没有干预过我们的事业和婚姻，甚至没有帮我们决定过任何一件大事。母亲不是卸责，她是把问题还给我们自己，毕竟我们的生活和工作，别人永远不能完全了解，更无法代替。母亲当然是对的，儿女们的人生是他们自己的，他们的现在和未来，都应该交给他们自己去设计。汪曾祺先生在《多年父子成兄弟》中这样写道：“一个想用自己理想的模式塑造自己的孩子的父亲是愚蠢的，而且，可恶！另外，作为一个父亲，应该尽量保持一点儿童心。”我显然是个愚蠢而可恶的人，令我稍感欣慰的是，天天其实并不怕我，他时常直呼我的大名，而我也时常微笑作答，逗得他哈哈大笑，得意扬扬。

一直到今天，我都没有当面喊过父亲的大名，我们都喊父亲“老头子”。这个没大没小的称呼起始于母亲，我们都自觉地继承了过来，几十年了，我们喊着亲切，父亲也答得干脆，没有一丝障碍。现如今，我和天天已经做了七年的父子，还有漫长的几十年等着我们彼此教育，彼此成为彼此的镜子。我盼着天天能够快快长大，早日成人，能够早一天喊我“老头子”。

——我喜欢这个称呼。这个称呼已经渗进了我的血肉，仿佛与生俱来，就像我对天天的自然的父爱。

近视的童年

一

那一刻，我几乎瘫倒在地。天天紧闭着右眼，眼帘内外全是血，雪白的上衣胸口已经染成了红色。在母亲们七嘴八舌的议论里，我终于明白了事故的原委——他和伙伴们一起奔跑，谁知道竟然一头撞上了一辆停在路边的自行车。眼镜瞬间被撞飞，紧接着，母亲们就听到了天天的哭喊，看到了天天的右眼正在流血。面对这个突如其来的意外，大家都没有经验，一位好心的女邻居捉着一包餐巾纸，她一个劲地叮嘱着天天："不要睁眼睛！不能睁眼睛！"天天显然已经吓傻了，他不停地重复着同一个问题："阿姨，要不要缝针？""阿姨，要不要缝针？"……阿姨无法回答他的问题，她和其他的目击者一样不能确信，被撞碎的镜片究竟有没有伤到眼睛。事实上，即便她们能够确信，也不会当面说出来，这样的确信过于残忍——那一刻，我的大脑一片空白，我轻轻地搂着他，心里充满了深重的自责。作为父亲，我没有尽到监护的责任，如果我跟他一起出门，如果我记得让他摘掉眼镜，这一次意外，或许就不会发生。以往每一次出门，我都会叮嘱他摘掉眼镜，我既担心孩子们的莽撞，也心痛着他的小鼻梁——戴眼镜才两个月，他的鼻梁两侧就有了两条浅浅的洼沟，为此他经常顶着镜框，来来回回地抚摸自己的小鼻梁。他只有七岁，可他的生命已经有了另一种体验，他眼里的世界是清晰的，也是模糊的；是单向的，也是重叠的——虽然他并不明白，这样的体验究竟意味着什么。

不守规矩地变道，风驰电掣地超车，我们第一时间赶到了最近的医院。常规的医疗服务已经结束了，急诊室里坐着一位年轻的医生，他平静地拿出一支修长的“手电筒”，平静地吩咐天天睁开眼睛。受伤以来，天天第一次睁开自己的右眼，在“手电筒”笔直的光柱里，天天充血的右眼像一只鲜红的小灯笼。捂住左眼，医生一面从抽屉里拿出一张视力表，一面吩咐着天天：“开口朝哪边？”“上。”“这个朝哪边？”“右。”……我和妻子都屏住了呼吸，时间一分一秒地过去，那一刻焦灼的等待，仿佛长过了一生。检查结束了，谢天谢地！医生说：“没有伤到眼睛，也没有影响视力，但眼皮上面的伤口需要缝针。”虽然“缝针”是天天所能想到的最坏的结果，但这个结果却让我们吁出一口长气！这个上天眷顾的孩子，他并没有意识到，自己离最坏的结果只差了一寸。正是这不可思议的一寸，改写了无数人的命运。

最终，天天右眼上的两处伤口总共缝了七针。时间已经很晚了，天天听话地躺在手术台上，在我们的鼓励里慢慢地归于平静。护士小心翼翼地穿针引线，每拉一次线头，伤口上就渗出一缕鲜血，为此她不得不几次停下手中的针线，擦拭干净后重新开始。我不忍直视这血淋淋的画面，那么鲜艳的血，伤口下面隐约可见外翻的肌肉。妻子握着他的手，泫然落泪。这个顽皮的孩子已经缝过三次针，尽管每一次都有惊无险，但缝针已经成了他最恐惧的医疗记忆。第一次缝针的时候，天天只有五岁，医生抱着他径直走进了手术室，他哭喊着，但手术室的门已经关严了，我们被粗暴地拦在外面。那半个小时比一年更长，我焦虑地徘徊，抽烟，计算着已经过去了多少时间……手术室的门终于开了，医生抱着他，伤口外面敷着一小块雪白的纱布。他整个人都是木的、傻的，看到我们，嘴角委屈地一瘪，想哭，却没有哭出来。我受难的孩子，我紧紧地抱着他，他的整个身体都是委屈的。那孤单而恐惧的半个小时，他一定认为爸爸妈妈已经抛弃了他，在一个完全陌生的地方，在一群完全陌生的白大褂中间，他的怀疑、恐惧和无助，我无法想象。我也从来没有追问过他的感受，如果那是一小块心灵的伤疤，我也不愿意再揭开他的伤口。我只是反复地告诉他，在成长的岁月里，总有一些经历是要自己单独去面对的，这是成长的代价，也是成长的必经之路。

——可是，这种流血的代价，真是成长必须要付出的吗？我忽然想抽一支烟，但奔下楼的时候，我什么也没有带，手机和香烟都丢在了书房里。走廊的长椅上恰好坐着一个抽烟的年轻人，我二话没说就朝他走了过去，他犹豫了一下，但没有拒绝。劣质的烟草味瞬间冲上我的喉咙，在片刻的眩晕之后，我坚持着抽完了那支烟。香烟，缓慢的毒，虚无的毒，让我缓慢而虚无地回到了现实。

重新回到手术室的时候，天天已经坐了起来，摸着蒙在右眼上的白纱布。看到我他忽然笑了：“老爸，你怎么变小了呢？”我愣了片刻，心头猛然一酸。我的孩子，他过于健忘，也很容易享受发现的快乐。

许多个日子之后，每一次面对天天复原的眼睛和渐渐愈合的伤疤，我依旧觉得不可思议，究竟是一种什么样的眷顾，让天天躲过了这一劫？这让我相信，冥冥之中，确实有一个神奇的魔法师，它是人无法预见，也是人力无法控制的。就在天天出事前一天，久居合肥的父亲回到了母亲的乡下，我给父亲打电话的时候，父亲正在母亲的坟头烧纸。我并没有提到天天受伤的事，没有人和父亲说到天天的事，但回到乡下的父亲始终坐立不安，他于是爬上巢山陪母亲说了一会儿话。父亲的预感不幸应验了。母亲过世那年，天天只有三岁，他已经不记得天堂里的奶奶，但我相信，天堂里的奶奶还记得他——然而，究竟是什么，给了父亲这样的预感？是血缘上的隐秘联系，还是魔法师施予的心理暗示呢？

唐春风，我的小学同学，四年级那年放暑假的时候，春风和伙伴们一起下河游泳，一根顺水而下的竹竿不偏不倚地戳进了他的眼睛。娘老子赶到河边的时候，春风差不多已经昏死了过去，一小片竹篾还戳在他的眼睛里，另外一根较大的竹篾被一个胆大的伙伴硬生生地拔了出来。这个大胆而莽撞的伙伴后来成了春风家的仇人，他虽是好心却办下了坏事，如果不是他的莽撞之举，春风的眼睛或许还能够保住，至少眼球不需要摘除。春风的娘哭得死去活来，春风的老子咒遍了人家的十八代祖宗，但回天无力，木已成舟。暑假结束之后，重新回到学校的春风几乎换了一个人，他一个人上学，一个人放学，独来独往，郁郁寡欢。小学毕业之后，春风就从我们的视线里消失了，他是当年的巢山小学唯一一个考取了初中却选择辍学的学生。如今，三十年过去，我一直没有再见过唐春风，当年的小学同学，也没有人知道他的状况——许多同学已经忘记了“唐春风”这个人，这个人留给大家的唯一记忆，只剩下一个标志性的绰号——“独眼龙”。

身体上的残缺其实只是一种表象，最终作用于人的，其实都是心灵上的创伤。隐匿的春风让我相信，是那只失明的眼睛，改写了他的人生和命运。

我同样相信，许多孩子的命运都被无情地改写了。那个小女孩儿还不到三岁，照片上的她穿着喜气的红肚兜，梳着两只可爱的朝天辫。母亲出门买菜的时候，刚好烧了一瓶热水，而那只新买的热水瓶偏偏有着一副颜色鲜艳的外壳。热水瓶被好奇的小女孩儿推倒在饭桌上，瓶胆瞬间炸开，刚刚烧好的一瓶热水哗啦啦地，从头到脚浇向仰头张望的小女孩儿！现场太过惨烈，小女孩儿的全身布满了鸡蛋大的水疱，除了半只左手和大半个后脑勺，小女孩儿已经体无完肤。等母亲买完菜、聊完天、跳过广场舞、裹着一身臭汗走回家的时候，小女孩儿还卧在那汪滚烫的热水里，她已经奄奄一息，只叫了一声“妈妈”就昏了过去。

小女孩儿在“鬼门关”里挣扎了七天，在医护人员几乎就要放弃的时候，社会各界的爱心救助终于感动了上天。她虽然侥幸保住了一条命，但她今后的生活已非人间。同室的小病友不敢目睹她狰狞的面孔，他宁愿睡到走廊上，也不愿意“做噩梦”……对于这个小女孩儿和她的家庭来说，今后需要面对的困难实在太多，巨额的后续治疗费还只是其中的一个方面，更重要的困难还在于，即便能解决所有的医疗费用，医学也无法复原一个正常的人。我相信，这一次惨烈的意外事故和漫长的康复治疗，必将给小女孩儿留下终生难忘的心理阴影，她或许会因此而无缘幼儿园、小学、中学和大学的校门，也或许会因此足不出户，像唐春风一样，抱持着强烈的自卑，主动成为一个多余的人。托尔斯泰说：“一个作家写来写去，最后都会回到童年。”我相信这句话，并且顽固地相信，童年的阴影，往往会影响一个人的一生。悔恨的母亲整日以泪洗面，然而悔恨已经无济于事，有一些疏忽注定无法补救，正如那些瞬间发生的悲剧。

全球儿童安全组织的调查显示，意外伤害已经成为我国一至十四岁儿童的首要死因，每年都有五万名儿童死于各种非故意或意外伤害，那些在非故意或意外伤害中幸存下来的孩子，往往也会导致终生残疾。2012年公布的《世界预防儿童伤害报告》分析认为，儿童受伤死亡的五大原因分别是：

车祸。全球每年有二十六万名儿童死于车祸，大约一千万名儿童受伤。车祸是十至十六岁孩子主要的死亡或致残原因。

溺水。全球每年都三百万名儿童溺水，其中超过十七万名儿童会不幸溺亡。由于一些幸存者脑部损伤，非致命性溺水对终身健康和经济造成的影响超过其他任何伤害类别。

烧伤或灼伤。全球每年超过九万名儿童因被烧伤或灼伤而死亡，这一比例在中、低等收入的国家中会更大。

摔落。全球每年有将近五名万儿童意外摔死，数十万计儿童因摔伤致残。

中毒。全球每年有将近五万名儿童死于各种意外中毒事故，数十万计儿童因中毒致残。

二

我们也曾悔恨过。作为父母，我们其实也是不称职的，只有一个孩子，却让他伤痕累累，而且没有把他的眼睛保护好。在转型期的中国，我们这一代人成了尴尬的“夹心层”，一面承受着巨大的工作压力和生活压力，一面又寄希望于孩子能够成龙成凤，最好还能出国深造，将来谋求一份体面的工作。

从幼儿园中班开始，我们就给天天报了几个兴趣班，先是蒙式数学，接着是少儿英语和少儿主持，再然后是硬笔书法和中国象棋，这些还只是幼儿园之外的“兴趣”，在幼儿园里，天天每周还有两堂绘画课。“拔苗助长”的典故我们当然都烂熟于心，但在残酷的现实面前，我们只能选择妥协和让步。兴趣班每一次报名，少年宫的门口都排起了长龙。由于名额有限，一个兴趣班通常只招收四十名学生，先到先得，排在四十位之后的，家长如果愿意，名额也可以保留到下一个学年。但心急的家长们却不愿意再等，在他们看来，孩子一旦到了该学习的年龄，半个学期也不能耽误。为了争取到有限的名额，一些心急的家长凌晨就开始占位，他们（多是一些上了年纪的老人）带着小板凳，坐在少年宫的门口，等着少年宫开门。我们给天天报少儿英语那年甚至发生了一次流血冲突事件。队伍中的一位家长上了一趟时间较长的厕所，重新归队的时候遭到了一些家长的强烈拒绝，他们都揣着明白装糊涂，少了一个排队的人，就等于多出了一个宝贵的名额。那位上厕所的家长当然不会接受这种强盗逻辑，交涉无果之后，他只好大飙“国骂”，言辞之恶毒令一些女家长也加入了反对的行列。场面很快就失控了，少年宫不得不宣布取消所有人的报名资格，而这时候，那位叫骂的家长已经受伤倒地，脸上都是血。

没有人报警，没有人抱怨。这场闹剧式的中国式报名，成了那一年夏天，这座中部城市的热点事件。

第一次给天天报兴趣班的时候，我们其实都在犹豫，一个五岁的孩子，就需要进入竞争的状态，积累资本拼未来、拼人生了吗？但班上半数以上的孩子都已经有了自己的“兴趣”，他们有的在学习舞蹈，有的在学习绘画，还有的孩子甚至开始学习钢琴、音乐和看图作文。懵懂的天天还没有自己的“兴趣”，他甚至不能完成老师布置的儿歌、唐诗和故事，在其他的小朋友已经开始奔跑的时候，天天实际上还没有开穷。一位熟悉的女邻居终于看不下去了，她的女儿和天天同龄，但这个五岁的孩子已经学了一年的舞蹈和绘画，并且已经获得过好几张奖状。“玩也就玩掉了，”她说，“大家都在学，你不学，你就会比别的孩子差。”天天依旧不明所以，他向我们不依不饶地追问着同一个问题：“我为什么会差？”这个问题我们无法回答，即便我们回答了，一个五岁的孩子也不会明白。其实，在邻居上门动员之后，我们就开始动摇了——作为父母，我们究竟是给孩子一个快乐的童年，还是别让孩子输在起跑线上？

我们纠结了大半个学期，直到顽劣的天天被班主任一而再再而三地留下来，三天一小训，五天一大批。在我们的纵容下，天天始终没有真正进入学习的状态，他完成不了老师布置的课堂课业，也不能像其他的孩子一样，安静而专心地倾听老师的讲解。班主任既无法容忍天天的顽劣，也无法容忍他“一点儿也不像一个学生”。班主任对我们的批评几乎是毁灭性的，她不仅严重挫伤了我们的自尊，也严重动摇了我们的教育理念。无奈之下，我们最终也未能免俗，让一个五岁的孩子加入了起跑的行列，并且没有征求他的意见。和所有的家长一样，在盲从心理的驱使下，我们自作主张地选择了几个兴趣班，每一个兴趣班一年的学费都在一千元以上。既然投入了我们就希望能有所回报，也就是从这时候开始，天天的童年提前结束了——他不得不按时完成老师布置的课外作业，也不得不去上一周两次的兴趣班，为此他不得不牺牲一天的休息时间。

一开始，天天对于兴趣班还很有兴趣。出发点决定了教学方式。和幼儿园功利化的教学方式比起来，兴趣班里的教学方式显得更灵活一些，这些老师差不多都能做到寓教于乐，也愿意给予孩子更多的赞美与鼓励。在兴趣班上，天天很快就成了老师们最喜欢的孩子之一，他懵懂而单纯，还保留着一个男童活泼、好动的天性。出发点还决定了管理方式。对于天天的顽劣，这些老师也愿意法外施恩。她们是清一色的青年女性，大多数尚未结婚。在她们看来，天天的行为习惯，完全符合一个正常发育的五岁的男童。她们愿意放慢自己的教学节奏，停下来等一等天天，而不是一味地训斥，像幼儿园里的老师们一样，无情地棒杀孩子的自尊心，并且在一次又一次的棒杀里，悄然扼杀孩子的天性。存在的就是合理的。兴趣班的教学和管理方式让我相信，有一些学生家长，也并不完全都是盲从。

天天的第一次“叛逆”是从接触电子游戏开始的。那时候他还在幼儿园读大班，忽然就迷上了电子游戏，先是《植物大战僵尸》，然后是《愤怒的小鸟》。这两款游戏几乎每个孩子都会玩，朋友们聚会，让孩子聊得热火朝天的，笑得前仰后合的，不是《植物大战僵尸》就是《愤怒的小鸟》，不是《愤怒的小鸟》就是《植物大战僵尸》。科技的发展以及智能手机的普及，在惠及我们这一代人的同时，也在戕害着我们的下一代。和兴趣盎然的兴趣班比起来，电子游戏很快就释放出一个孩子难以抗拒的魔力，天天对于电子游戏的痴迷虽然出乎我们的意料，但我们也并未完全阻止。在提前起跑的这段日子里，天天消瘦得非常明显，他的辛苦与负累，也让我们不忍继续举起鞭子。正是我们的摇摆不定助长了天天的恶习，他的作业开始拖拉，上课不用心听讲，更要命的是，我们不在家的时候，他居然学会了自己接通网络，自己下载《愤怒的小鸟》《植物大战僵尸》。过于溺爱天天的外婆并不明白其中的利害，她甚至帮着天天隐瞒，以至于天天终于有恃无恐，玩电子游戏几乎成了每天放学之后的第一堂必修课。

今天想来，孩子都是无辜的。如果我们不违背规律，而是遵从孩子的天性；如果我们能有更多的时间陪孩子一起疯狂，陪孩子一起聊天，陪孩子一起欣赏美妙的大自然，或许孩子就能够远离电子游戏，就能够正常而快乐地成长。在长久的观察里我惊讶地发现，孩子潜心于电子游戏的时候都是快乐的，而这种单纯的快乐，很难出现在一个学童的身上。一知半解的背诵，枯燥的计算，机械的标准答案，孩子们从中发现不了一丝快乐。

有一次语文小考（一个月一次。功利化的教学方式，从小学一年级就开始了），老师出了这样一道题：将下面的五组词“天上”“飞”“小鸟”“快乐地”“在”组成一个完整的句子。天天组成的句子是：天上小鸟在快乐地飞。老师给了天天零分，因为标准答案是：小鸟在天上快乐地飞。天天不明白“天上小鸟在快乐地飞”为什么是错的，也不太明白那个标准答案究竟“标准”在哪里？老师没有解释，我也无法解释，我只能说：“你没有错，只是老师的标准答案更加准确。”类似的“标准答案”几乎层出不穷，它在让我难以自圆其说的同时，也渐渐扼杀了天天的想象力和创造力。这样的训练是乏味而枯燥的，它的唯一意义，就在于能通过这样的训练，将孩子们锻造成考试的机器。因此，当电子游戏猛然击中他们的时候，所有的兴趣都消失了，“网瘾”取而代之，习惯于贴标签的知识分子还由此衍生出一个不负责任的新名词“网瘾少年”。——那些被贴上各种标签的孩子从此背上了沉重的思想包袱，他们沦陷在一个被抛弃的精神境地里，不仅自弃于父母，同时也自弃于学校和社会。

没有人真正追究过问题的根源，父母和学校一味追究的，仅仅是孩子的精神面貌和心理问题。那些声称能够帮助孩子戒除网瘾的学校基本上都设置了一个又一个骗局，他们不仅撒下了一个个弥天大谎，而且还施行着各种极不人道的“治疗”方式。面对父母的抛弃和学校的“治疗”，那些所谓的网瘾少年从此万劫不复，他们唯一的出路，只能是自暴自弃。

没有人详细统计过中国网瘾少年的具体数量，实际上，这也是一个无法统计的庞大数字。令我无法理解、事实本身也难以自圆其说的是：如果“网瘾”确实是一种心理疾病的话，那么，为什么不存在“网瘾中年”和“网瘾老年”这两个群体？又何以会没有一个中年人和老年人主动求医？相比于中年人和老年人，孩子的自控力和意志力本身就要欠缺一些，这种正常的心理欠缺何以竟会成为一种病根呢？说到底，孩子们没有病，是社会病了，孩子们只是不幸染上了这种极富传染性的可怕的“社会病”。

每一个孩子都是天使。然而，现在的“天使”已经失去了飞翔的翅膀，他们被豢养在笼子里，想要飞得更高，却身不由己。

三

幼儿园毕业的时候，天天拿回了一张体检表，视力这一栏的检查结果让我惊诧不已。左眼裸视：0.8；右眼裸视：1.0，这和我现在的视力相差无几。可他只有七岁啊！担心之余，我们几乎一刻也没有耽误。第一家医院的视力检查结果是一样的，第二家医院有一些细微的差异，但两家医院给出的诊断结果都是一样的：近视，要尽早配眼镜，否则度数还会加深……不是假性近视吧？医生摇了摇头，早就该配眼镜了！七岁，配眼镜？这个结果让我万箭穿心。

只能如此。也只好如此。但天天就是不答应，这个七岁的孩子已经有了羞耻之心，他怕小伙伴会笑话他的眼镜，他已经知道，自己将是小伙伴中间第一个戴眼镜的人。我们轮流劝说，反复动员，动之以情，晓之以理。最后，还是子江哥哥的一个电话，打消了他的顾虑心理。

子江，我的外甥，小学三年级的时候戴上了眼镜，也是我们这个家族第一个戴眼镜的下一代人。由于年龄最为接近，天天也愿意服从于子江哥哥的任何“命令”。我歪着脑袋，佯装并不在听，放下电话之后，天天居然就答应了，我一半是释然一半是揪心。我的孩子，成了一个戴眼镜的一年级小学生。令我欣慰的是，从戴上眼镜的那一天起，天天再没有玩过一次电子游戏，即使我们的手机就放在他的书桌上，他也没有触碰过一次。偶尔，亲友间聚会，孩子们在玩游戏的时候，天天也会歪过头去看，但片刻之后，就再次坐回到原来的姿势。那么深的“网瘾”，他说戒就戒了，甚至也不再要求看电视——他不仅记住了唯一的一次医嘱，而且非常自觉地严格遵守——这让我相信，爱是最好的治疗，没有一个孩子，不可以拯救。

然而，戴眼镜的天天从此也失去了更多的快乐和自由。频繁发生的儿童伤害事件让我们不得不一再叮嘱他，下课不能疯跑，体育课不能疯跑，更不能和小朋友一起打打闹闹。尤其是眼睛受伤之后，我们不得不严格限制他的娱乐活动，爬树，不允许；滑滑梯，不允许；淘气堡，不允许……休息日，我们除了带他外出“放风”，最大的娱乐活动就是陪他打羽毛球。弧线飞行的羽毛球有助于提高人的视力，同时也有助于缓解视觉疲劳。他尽管并不满足于这一项单调的娱乐活动，却也愿意积极配合，他幼小的心灵已经有了这样的直观感受，父母陪在身侧，是一个孩子能够享受的最大的快乐。

他真的快乐吗？我其实并不能完全确信。至少有一些时刻，他是不快乐的——当其他的孩子蹦蹦跳跳的时候，当其他的孩子玩淘气堡的时候，当其他的孩子爬到高高的树梢、而他只能远观的时候，我确信他是不快乐的。因为过早地戴上了眼镜，我们剥夺了他的这些权利，并且以爱的名义，限制了他的部分自由。我们虽然不忍，却又无法可想，这是他必须付出的代价。如果他的度数继续加深，他必须付出的代价将会越来越大。

在眼科候诊室，我们遇到了一个四岁的小女孩儿，戴着眼镜，等着例行复查。令我惊讶的是，她已经四百多度了，走路有些踉跄。为此她经常摔跤，一年四季，胳膊和大腿都是青的。这还不是年纪最小的近视患者，连坐诊的女医生都摇头叹息，她说：“这一代孩子都已经这样了，再下一代孩子呢？哎，真是没有办法！”她的叹息包含着深深的自责，作为眼科医生，她自己的孩子居然也未能幸免，而且度数还在持续增长。闲聊中她告诉我这样一组数据：小学近视率百分之四十八，初中近视率百分之六十八，高中则达到了百分之九十以上！中国的近视患者已经超过三亿人，青少年的近视发病率更是高居世界第二，而且呈现出越来越明显的低龄化倾向。这个触目惊心的数据让我久久无法平静——在GDP飞速发展的今天，这一群近视的孩子，还能够托起“世界第二大经济体”吗？

这让我想到自己的童年，乡下的童年。在我的老家，大人们从未将我们看成是孩子，尽管也只有七八岁，但父母都下地了，饿了我们只好自己做饭，渴了我们只好自己倒水，以至于今天，我不仅会烧菜，还能无师自通地烧出一些新花样。我们这一代在农村长大的孩子，很少有什么技艺是大人教会的，大人们直接将你丢进实践，而所谓的技艺都是从实践中自己慢慢摸索出来的。我的童年，农忙的时候不仅要自己做饭，还得帮家里放牛、打猪草、车水、割稻……第一次割稻，我直接割掉了左手小拇指上的一小块肉。一直到今天，我的左手小拇指上还有一块丑陋的伤疤，那被锋利的镰刀割豁掉的半边，再也没有饱满过。而在当时，二哥只是简单地帮我包扎了一下，然后就让我继续割稻。“割割就不痛了，”二哥说，“不杀一只‘小公鸡’，哪里学得会割稻！”于是我只好继续割，割割果然就不痛了，我果然也就此掌握了割稻的全部技巧。车水也同样如此。一开始我总是车不转，吃力不讨好，车车也就车转了，车车也就知道什么时候该发力，什么时候该松一松手……这是我们那一代人的成长经历，大人没有时间也没有精力等你慢慢长大，而是直接将你抛进大人的世界。尽管有些经历属于情势所迫，也并非都是好事，但这样的历练对于我们这一代人来说，确实大有帮助。它让我们懂得了什么是“粒粒皆辛苦”，也让我们明白了一个简单的道理——自己动手，丰衣足食，优裕的生活需要自己努力去创造。

日本学者柄谷行一在比较了传统社会和现代社会后认为，在传统的农业社会里，并没有现代意义上的儿童。儿童，是近代才被“发现”或“发明”的一种新生事物，作为一种特殊的生物，儿童的世界也与成人的世界完全隔绝。既然是特殊生物，当然就能享受一些“特权”，比如衣服要穿名牌的，学校要上最好的，吃饭喝水是要大人服侍好的。由于这种生物在成长过程中已经习惯于享受各种“特权”，等他们十八岁之后进入社会，他们与社会之间的紧张关系也就不难想见了。柄谷行一的研究成果在这一代孩子的身上得到了极其充分的验证，与社会之间的紧张关系只是后果之一，更可怕的后果可能还在于，在近乎病态的竞争中，这一代孩子已经完全温室化和功利化了，再贫寒的家庭也会砸锅卖铁，让孩子上名目繁多的兴趣班（他们说这叫“技多不压身”），不计成本地购买学区房（一举两得。孩子既能上一所好学校，也可以看成是一种投资），考托福，考雅思……

大家都在你追我赶。没有人愿意慢下来，更没有人愿意停下来想一想——我们已经奔跑了这么久，可是，我们究竟为什么而奔跑呢？

四

写作此文的时候，天天的暑假作业刚刚完成了一半。由于眼睛受伤，天天请了两周的病假，重新回到学校的时候，正好赶上了期末考试。结果在我们的预料之中，天天期末考试的成绩很不理想，而期末考试成绩的好与坏，直接决定着暑假作业的数量。考了满分的学生没有硬性规定的暑假作业，九十分以上的暑假作业也比较少，九十分以下的学生，暑假作业的数量相当大。九十分成了一把势利的尺子，粗暴地丈量着每一位学生。除了英语，天天的语文和数学都发挥失常，在九十分这把尺子的丈量下，这一个学年，天天只能算是一名中等生。成者王，败者寇，老师们不会考量与考试无关的其他因素。讨通知单、领暑假作业的时候，不少家长都很愤懑，但没有一个家长敢于质疑学校的做法，更没有一个家长敢于带头站起来，公开表达自己的愤怒。

人在屋檐下，不得不低头。家长们其实都明白，愤怒无济于事，自己的愤怒，最终也只能影响到孩子。

好在天天并不十分在意。这个马马虎虎的孩子，从来没有真正在意过自己的学习成绩，他基本上遵从于自己的内心，偏爱着英语并且相当自信。这也是他唯一坚持学下来的兴趣班，其他的“兴趣”基本上已经丢掉了，包括先后报名参加过的少儿主持、中国象棋、硬笔书法和蒙式数学。半途而废当然不是一种良好的学习习惯，但我从来没有因此而指责过他。在学业上，他是自己的，也是自由的，我唯一要求他必须做到的，是诚实、善良，有本然的爱心和恒久的理想。我知道，这个要求并不能算低，我在监护他的同时，其实也是在勉励自己。

人进中年，我越来越深刻地意识到，人生是一次长跑，那些从起跑线就开始冲刺的人，未必就一定能笑到最后。作为父亲，我有责任把天天领上人生的跑道，也愿意陪着他一起慢跑。是的，慢跑，慢慢地跑。路上都是风景，我愿意陪着天天，慢慢跑进自己的老年，慢慢地等着我的孩子，看他在中流击水，浪遏飞舟。

——孩子，爸爸陪你一起慢跑，爸爸和你一起加油！

斑鸠之舞

一

四个月了，我原以为它已经习惯了笼子，习惯了饱满的麦粒和洁净的水，甚至已经习惯了收起翅膀，彻底忘记天空。然而谁能料到呢？这天晚上，天天伤心地告诉我，斑鸠的一只眼睛，瞎了。

这只灰褐色的斑鸠，是岳父从乡下逮来的，当时它不过拳头大小，火柴棒似的两条小腿，仿佛随时都会折断。没有笼子，它先是蹲在地上东张西望，接着便抖抖地张开了翅膀。在密封的阳台，它先后飞了三次，腾空一次比一次急切，飞行一次比一次缓慢，最后一次，它几乎是摔了下来，隔着一扇厚厚的玻璃门，我清晰地听见了它的叫声，尖锐而惶恐，——它不明白自己的被篡改的命运，更不清楚这个陌生的环境。

我想：它一定是刚刚离开自己的母亲，还没有完全掌握飞翔和捕食的能力。我决定放了它，但天天不肯，天天说："让我陪着它吧，不然，它会死的。"

天天的要求，契合了岳父的用心。第二天，老人就从花鸟市场上买回一只笼子，笼子的两侧，分别开了两扇用来喂食和喂水的门；笼子的正中间，悬着两根木质的圆润的"树枝"；笼子的底部，是一个类似于抽屉的装置，上面铺着一层细密的铁丝网，可以很方便地抽出来，清理鸟屎。我有些爱不释手，无论材料还是做工，这都是一件玲珑的艺术品。岳父说："还有更漂亮的，不过都太贵了，那种笼子怎么能养鸟呢？应该养人。"我在岳父的幽默里笑了，不能不承认，为了满足永无休止的欲望，人类已经将自己的才华发挥到了极致。

失去自由的斑鸠，从此住进了笼子里。一开始，它对自己的新家极为不满，整整一个白天，它始终在笼子里左右冲突，除了短暂的饮水和进食，它几乎没有停止过抗议。到了晚上，更强烈的抗议开始了，它发出凄厉的尖叫，向鸟笼一次次发起激烈的冲撞。它那么小，然而爆发力惊人，每一次冲撞，都像是自杀，我担心它随时会扑向死亡。一直折腾到下半夜，它总算慢慢地安静了下来，灯光下，它蹴在树枝上，半眯着眼睛，耷拉着潮湿的翅膀。它终于累了，也正是从这一刻开始，面对囚禁它的人类，它再也没有进行过明显的反抗。识时务者，鸟中俊杰。第二天，它果然温良了许多，然而它的戒备心理依旧非常明显，天天的手指刚刚探进鸟笼，它就飞快地啄了一口。我紧张地抓起天天的手，谁知道天天居然笑了，天天说："老爸，没事的。"

现在想来，斑鸠其实是一种很聪明的鸟，它的智商，至少不低于投石饮水的乌鸦。我、妻子和天天先后被它啄过多次，每一次，我和妻的手指上都会留下米粒大小的印子，而天天的手指上，一次痕迹也没有。

我相信，这肯定不是偶然现象，或许，在斑鸠的视线里，天天也和它一样，没有危害性，更没有杀伤力。然而，它只是一只年幼的斑鸠，它判断的依据是什么呢？

很长一段时间，我一直没有找到说服自己的答案。

渐渐的，斑鸠终于适应了自己的新家。休息日的午后，笼子里撒满阳光，饱食之后的斑鸠悠闲地蹲在“树枝”上，怡然自得地啄着自己的羽毛，或者啄食天天试探的手指。最常见的动作是扑扇着翅膀，在“树枝”上跳跃，像个忘我表演的舞蹈家。这一刻的斑鸠，像个刚刚懂事的孩子，每跳一小步，就会停下来，歪着小脑袋，眼窝里滚动着两小枚乌黑的玻璃球。它在等着天天的掌声，天天的掌声越响，它表现得越夸张。有一次，它居然挂在“树枝”上，倒立着扇动起翅膀，并且凭借着扇动的力量，重新站立在“树枝”上……我甚至看出了它的喜悦，小脑袋转动着，脖子伸得老长……这只年幼的斑鸠，无疑有着惊人的天赋，我不明白在人类对鸟类的驯服史上，为什么一直没有发现斑鸠，却发现了只会学舌的八哥和鹦鹉？

这样的舞蹈，让天天对斑鸠充满了怜爱，每次从幼儿园里放学回家，天天的第一件事就是直奔阳台。跳一个，天天做着手势，跳啊！片刻之后，斑鸠居然真的就舞了起来。斑鸠的“舞姿”其实非常笨拙，也不具备表演的天赋，然而在那段热爱舞蹈的日子里，斑鸠给了我们一个致命的错觉。

热爱舞蹈的斑鸠让我们确信，它已经完全忘记了天空，它已经完全适应了囚禁的牢笼。那是一个秋天的午后，我们拎着笼子，在杏花公园的草地上享受着安详的生活。公园里人声鼎沸，一群鸽子在草地上漫步，在游人毫无节制的喂食里，这群鸽子早已人来不惊，体态肥美，甚至会飞到引诱的手掌上，啄食掌心里的美味。在现如今的绝大多数公园里，我们总能看到这种人与自然和谐相处的一幕，这确实是一种文明，但也是一种戕害，这群被人类喂大的鸽子，已经成为另一个物种，一种被人类驯服的玩物。然而，这群鸽子还有飞翔的自由，可我们饲养的斑鸠，连天空都失去了。鸟一旦失去了天空，其实已经不是鸟了。虽然天天只有五岁，但我还是成功地说服了他，我们一起打开笼子，准备让斑鸠远走高飞。然而，斑鸠竟然不为所惑，它一直蹲在“树枝”上，没有一丝飞出牢笼的愿望，事实上，它始终没有张开翅膀，它就那么安静地待在笼子里，看着一群鸽子在吃力地飞翔。

或许，它还不明白我们的想法，我索性将它抓了出来，放在草地上。它终于开始了跳跃，但依旧不是飞翔；它甚至跳进了鸽群，但始终没有参与争抢地上的食物。当鸽群一哄而上争抢食物的时候，它只是老老实实地站着，不安地转动着脑袋。它应该是意识到了，这飞翔的一群，不是自己的同类。果然，大约十分钟之后，它开始撤退，它飞快地跳跃着，向我们这边追来。我急忙拉起天天，但这时候，天天突然反悔了，他呜咽着冲向斑鸠，像迎接一个久别重逢的小朋友。就在这时候，令我惊讶的一幕出现了——飞快跳跃的斑鸠终于张开了翅膀，它跌跌撞撞地离开了草地，跌跌撞撞地飞了起来，然而几秒钟之后，它就摔在了地上，飞行的距离和高度，估计都不到一米！

人群围了上来，大家都很好奇。一位老人明白了我的意图，他抓起斑鸠，朝空中扬了扬手，这一次，斑鸠只扑扇了几下翅膀，接着便垂直下降。在重复了三次之后，我们终于确信，这只斑鸠已经忘记了飞翔，或许是因为，翅膀在长久的荒废之后，它的功能已经退化。一只忘记飞翔的鸟，当然无法放归大自然。

它和我一样沮丧。随后的几天，它一直安静地待在笼子里，很少进食，也很少打理自己的羽毛和翅膀。我们终于放心地打开了笼子，让它在阳台上自由活动……我一厢情愿地认为，这样的自由，或许能够帮它恢复一点儿飞翔的信心，即便它永远不会飞翔，这样的自由，也是一种补偿。然而现在想来，自作聪明的人类，结果往往适得其反。我绝没有料到，一只不会飞翔的斑鸠，它竟会选择自杀，选择一种有尊严的死。

二

斑鸠的自杀行动是从绝食开始的。具体的日期我已经记不确了，有那么几天，斑鸠一直没有进食，也没有喝水，只是安静地蹲在“树枝”上，慢慢啄着自己的翅膀。一天、两天、三天……盛满麦粒的盒子还是满的，但盛自来水的盒子少了一些。一开始，我以为斑鸠是病了，于是拎着笼子，先后问诊过两家动物医院。第一位医生把所有能查的部位都查了一遍，最后的结论是，斑鸠应该没有毛病，不进食的原因，或许是最近的天气有些异常。第二个医生和我的年纪相仿佛，她戴着眼镜，眼角堆满深长的皱纹。感谢这个动物保护主义者，她总算给了我一个精确的答案——这只斑鸠是在绝食，正常现象！绝食？我有些将信将疑，无论如何，这都不是“正常现象”。她于是冲我大声吼道：“自杀，这你懂了吧？”那一刻我惊讶不已，我不知道自己究竟做错了什么，更不知道自己哪里冲撞了她。

那时候，“活熊取胆”事件正闹得沸沸扬扬，我为此专门去向她请教，遗憾的是，对于“子非熊，安知熊之痛”这个无解之辩，她不愿意多谈自己的看法，也不愿意自己成为一个异类，在媒体上公开曝光。我理解她的顾虑，她所在的动物医院，其实只是一家个体经营的小诊所，诊所隔壁的花鸟市场，潜伏着一大批客户。在世俗的生存和虚妄的梦想之间，任何人都有权做出自己的选择。我很后悔带上了记者，在私下的闲聊中，她直言不讳地告诉我，每一个饲养宠物的人，都是她的假想敌，她目睹过太多的扼杀，却毫无办法……她的现实和悲观，无奈和愤懑，给我留下了深刻的印象。我清醒地知道，类似的悲观主义者和现实主义者，正是眼下的大多数，因为自知无能为力，所以选择了沉默。

那时候气温已经跌到了零下，阳台上即使撒满了阳光，也还是冷的，我很想将斑鸠安置进书房，然而，任凭我们如何引诱，它就是不肯走出牢笼，偶尔，还会爆出一两声凄惶而嘶哑的叫声。这时候，我们已经不敢伸手了，它开始狠劲地啄人，嘴里含着一股明显的仇恨。即便是天天，它的敌意也非常明显，一不小心，它的尖嘴就啄了出来，留下一道浅显的痕。

我们尝试过许多办法，甚至专门去了一趟花鸟市场，请教了几位长期喂养八哥和鹦鹉的老人，但他们的经验无一奏效，这只不会飞翔的斑鸠，已经下定了自杀的决心。花鸟市场里没有斑鸠，这是我们最大的错误。有一些物种，人类注定无法驯服，注定无法使之为人类服务。对于这无法驯服的一群，人类唯一该做的，不是残暴地杀戮其种群，也不是野蛮地掠夺其领地，而是和平共处。

绝食的斑鸠其实没有绝水，这让我们或多或少的有了一丝安慰。在漫长的煎熬里，斑鸠居然奄奄一息地活了半个多月，那半个多月，它始终匍匐在笼子的一角，很少动弹，羽毛灰暗，随时有可能走向死亡。我和天天都很难过，面对一只自杀的斑鸠，我们居然毫无办法。在那漫长的半个月里，我第一次深刻地认识到，即便是面对一只年幼的决意自杀的斑鸠，貌似强大的人类，其实虚弱不堪。

在绝望的自杀里，斑鸠弄瞎了自己的一只眼睛。一直到今天，我也不能够懂得，斑鸠是怎么将自己的眼睛弄瞎的？它又为什么要弄瞎自己？更令我揪心的是，这些谜题或许我再也无法解开，不久之后，斑鸠就死了。一只不会飞翔的斑鸠，终于赢得了尊严的死。

在随后的日子里，我有一种深长的挫败感。我一次次告诉天天，我们一点儿都不强大，在自然面前，我们其实都是弱者，根本就没有居高临下、发号施令的资格……天天懵懂地点了点头，他只有五岁，我知道，他还不能够懂得这些，但我相信，他终将明白父亲的无助，他终将理解父亲的无能。

三

这只蓄意自杀的斑鸠，让我想到了理查德·奥巴瑞和他的海豚凯西。二十世纪六十年代，奥巴瑞是世界上最优秀的海豚驯养师，由于长期生活在海洋馆里，永无休止的表演，让奥巴瑞失去了他最钟爱的海豚凯西。这天，当结束了一天的繁重的表演之后，凯西慢慢地游进了奥巴瑞的臂膀里，它深情地凝视着奥巴瑞，接着，慢慢地沉进了水底。大批不堪重负的海豚，随后也纷纷选择了自杀，它们拒绝呼吸，拒绝继续为人类表演……这一幕深深地震撼了奥巴瑞，并彻底改变了他的人生轨迹。从此之后，奥巴瑞告别了如日中天的海豚表演产业，现在的奥巴瑞，是世界著名的海洋生物学家，保护海豚，是奥巴瑞唯一的事业。

奥巴瑞的海豚和我的斑鸠，自杀的起因或许不完全相同，但我相信，在动物们所处的那个世界里，同样存在着一种伦理，当人类粗暴地突破了它的底线，选择自杀，其实比活下去更有尊严。

埋葬斑鸠那天，我在小区里徘徊了很久，独自抽完了一包烟。我一次次想起斑鸠之舞，它笨拙的舞蹈，像一个自欺欺人的谎言。原来，我们一直生活在假象里，并且扬扬自得。斑鸠笨拙的舞蹈，让我看见了人类本质上的贪婪、自私和无耻。我还记得它滴溜溜的眼睛，它绝望的飞翔和挣扎，距离和高度都不及一米……好在，斑鸠赢得了最后的胜利。

——愿它安息！

在一个人的悔悟里，我始终无法原谅自己……